AURORE LARCHER

LA PORTE

DES SECRETS

SI LA FIN ETAIT UN COMMENCEMENT

AURORE LARCHER

LA PORTE DES SECRETS

En application de l'art. L.137-2.-I. du code de la propriété intellectuelle, toute reproduction et/ou divulgation de parties de l'oeuvre dépassant le volume prévu par la loi est expressément interdite.

Copyright © 2025. Aurore Larcher.

Édition : BoD · Books on Demand, 31 avenue Saint-Rémy, 57600 Forbach, bod@bod.fr

Impression : Libri Plureos GmbH, Friedensallee 273, 22763 Hamburg (Allemagne)

ISBN : 978-2-3225-7269-4
Dépôt légal : Février 2025

https://linktr.ee/Aurorelarcherecrivain
https://www.aurorelarcher.com

DÉDICACE

À toutes les âmes en quête de sens,
qui se posent des questions, qui doutent,
et qui trouvent la lumière dans l'obscurité.
Ce livre est pour vous.

À Tony Dupont,
un homme simple mais pas si ordinaire.
Merci de m'avoir prêté ton histoire,
et d'avoir égayé les méandres de mon imagination.

PREFACE

Il y a des expériences qui bouleversent une vie. Des instants suspendus, où le réel semble vaciller, où nos certitudes s'effritent pour laisser place à l'inconnu.

En septembre 2023, j'ai été confrontée à l'une de ces épreuves. Mon père est tombé gravement malade et a passé un mois en soins intensifs. J'ai vécu avec l'angoisse au creux du ventre, avec cette peur sourde que tout s'arrête, que l'inéluctable prenne le dessus.

Pendant ces jours suspendus entre l'espoir et le vide, j'ai été forcée de me poser des questions que nous repoussons tous autant que possible.

— Que reste-t-il quand le corps lâche ?
— La mort est-elle une séparation définitive ou juste une autre forme d'existence ?
— Et si l'absence n'était qu'un mirage, une illusion de nos sens limités ?

J'ai ressenti des choses que je ne pouvais pas expliquer avec la seule logique. Un souffle. Une présence. Des signes que je ne pouvais plus ignorer.

Mais au milieu de cette tempête, un lien précieux m'a aidé à tenir : mon frère.

Créer ensemble pour ne pas sombrer…

Pendant que mon père était à l'hôpital, mon frère était présent dans sa maison. Nous étions là, dans cet espace chargé d'émotions, d'amour, et d'attente. Attente d'un appel, d'une nouvelle, d'un signe… Attente du jour d'après, sans savoir ce qu'il apporterait.

Alors, nous avons parlé et écrit.

Nous avons créé ensemble, non pas pour fuir la douleur, mais pour la traverser autrement.

Chaque soir, chaque moment suspendu entre deux inquiétudes, nous avons construit cette histoire à deux, comme un fil invisible qui nous reliait.

C'est ainsi qu'est né La Porte des Secrets.

Ce livre, ce n'était pas seulement un projet littéraire. C'était un échange. Un partage d'amour et de créativité. Une manière de donner du sens à ce qui semblait insensé. D'avancer quand tout nous poussait à rester figés.

Les mots devenaient un refuge. Ils nous permettaient de dépasser l'attente, de ne pas être simplement spectateurs de l'angoisse.

J'ai toujours été à la croisée des chemins entre le rationnel et l'invisible.

Grâce à mon passé technique, j'ai appris à analyser, trier, structurer ma pensée. Mais certaines expériences échappent à l'analyse pure, elles touchent quelque chose de plus grand, de plus intime, de plus profond. C'est dans cet équilibre entre la raison et l'intuition que s'est construite cette histoire.

Certains passages du livre sont inspirés de mes propres expériences. Des moments où la frontière entre le visible et l'invisible s'estompe, où des signes apparaissent comme autant de messages que la vie nous adresse. J'ai voulu retranscrire ces sensations dans un récit qui parle autant à l'esprit qu'à l'âme.

La Porte des Secrets est un voyage. Celui de Tony, son personnage principal, mais aussi celui de chaque lecteur qui accepte d'ouvrir cette porte et de se laisser guider. Ce n'est pas juste une histoire, c'est une expérience intérieure, une invitation à voir au-delà de nos peurs, au-delà de nos doutes.

Et si la mort n'était pas une fin, mais une transition ?

Et si les signes que nous percevons parfois n'étaient pas de simples coïncidences, mais des réponses que nous n'osons pas entendre ?

Ce livre est une porte. Je vous invite à l'ouvrir.

Avec tout mon espoir,
Aurore LARCHER

AURORE LARCHER

Chapitre 1.
Les Agregats de conscience

— Vous êtes mort !

Tony cligne des yeux, abasourdi. Il se retourne d'un geste brusque, mais tout ce qu'il voit est un océan de nuages, un infini de blanc cotonneux dans un vide presque écrasant. Pas de mur, pas de sol solide sous ses pieds, juste une brume dense qui semble flotter dans l'air.

Plus loin, une masse grisâtre danse au gré d'un vent invisible, parfois proche, parfois lointaine. Cette vapeur brumeuse s'accorde parfaitement avec ses neurones embrouillés.

Il porte machinalement une main à son front.

— Mais c'est quoi ce délire, je suis où ?

Avant qu'il ne puisse formuler une autre pensée, il la voit. Une femme, debout à quelques mètres de lui, calme et immobile, presque irréelle. Sa longue tunique blanche ondule légèrement, bien qu'il n'y ait aucun souffle perceptible. Elle dégage une présence d'une sérénité si intense que Tony reste immobile. Ses cheveux dorés encadrent un visage fin, et ses yeux bleus, captivants et perçants, semblent scruter les moindres recoins de son âme.

Il veut lui parler, mais aucun son ne sort de sa bouche. Son propre silence l'oppresse. Finalement, il baisse les yeux vers ses vêtements. Il ajuste sa chemise à carreaux rouges, ajuste son bermuda crasseux et vérifie son 'service trois pièces'.

— *Tout est bien en place !* Se dit-il afin de se rassurer.

Cependant, un sentiment de malaise commence à l'envahir. En faisant face à cette femme mystérieuse, une pensée le traverse.

— Ça craint, j'ai l'air d'un guignol.

Le contraste entre son apparence négligée et la grâce de la jeune femme le plonge dans l'embarras, rendant la situation encore plus gênante.

À 45 ans, il garde toujours un air de petit jeune, un peu nonchalant. C'est un personnage plutôt charismatique, d'une simplicité déconcertante, drôle et blagueur, doté d'un physique dont le joyeux mélange entre Will Smith et Danny Boon, renforce son côté attachant. Bien qu'il ait clairement esquivé la classe de Will pour privilégier les mimiques de Danny, ce physique reste avantageux, séduisant et naturel.

La jeune dame arbore un regard doux, une présence sereine. Gêné, il reprend ses esprits et dit d'un air charmeur.

— Hé, Mademoiselle, je suis dans un rêve ou quoi ? Parce que, sérieusement, c'est pas comme ça que ça marche quand on meurt, non ? Normalement, on flotte au-dessus de son corps, genre en mode fantôme, non ? Alors, il est où mon cadavre ? Et, pourquoi j'ai l'air d'un touriste perdu dans un magasin IKEA ?

Sa gestuelle mélodramatique dénote une attitude gentiment moqueuse malgré un malaise grandissant.

— J'ai beau regarder autour de moi, je ne vois pas mon beau corps de rêve et mon superbe ventre grassouillet s'affaler sanguinolent sur le sol, donc ?

— Avec un sourire malicieux aux lèvres, il plonge ses pupilles dans les yeux bleus de la femme, observant attentivement sa réaction.

Elle reste impassible et lui répond.

— Vous n'êtes pas dans un rêve, vous êtes dans 'l'Entre-Deux' et vous êtes mort !

Ces derniers mots le pétrifient et déconnectent directement son côté séducteur, laissant la place à un visage de gamin pataud, timidement déconcerté.

Un silence lourd s'abat sur Tony. Son sourire disparaît, et pendant un instant, il sent une décharge glacée lui parcourir le corps.

— Mort ! Moi ? Non, ce n'est pas possible. En rassemblant ses idées, il tente de clarifier la situation. Je ne comprends pas, de quel 'Entre-Deux' parlez-vous ? interroge-t-il d'une voix résonnant dans le vide éthéré qui l'entoure.

Dans le même temps, il agite ses neurones et réfléchit à son dernier souvenir. - *J'étais dans ma voiture. Je me sentais bien et je suis rentré chez moi.* -

— Êtes-vous rentré chez vous ?

Il releva brusquement la tête, surpris qu'elle puisse entendre une pensée qu'il n'a pas exprimée à voix haute.

— Ben oui. Je suis rentré. Enfin, je voulais rentrer…

En l'espace d'un instant, un vieux doute s'installe.

— Je voulais rentrer oui, c'est ça ! Et puis… À vrai dire… j'ai du mal à me souvenir du reste. C'est assez vague.

Il baisse les yeux, cherchant désespérément une réponse dans ses propres souvenirs, mais tout est embrouillé. Puis, une sensation étrange le tire de ses pensées. Il réalise qu'il ne ressent plus le poids de son corps. Ses pieds ne touchent pas un sol réel, mais semblent posés sur un voile brumeux.

Il inspire profondément et lâche un rire nerveux.

— D'accord, c'est officiel. Soit, je suis dans un trip bizarre, soit…

La femme le regarde avec attention.

— Vous êtes dans l'Entre-deux, le lieu de la conscience absolue, de la compréhension et de la direction.

N'entendant aucun mot, il amplifie l'expérience, comme si sa mère venait de lui offrir un jouet flambant neuf.

— Punaise, c'est dingue ! Je flotte ! S'exclame-t-il, un sourire éclatant aux lèvres.

— Il se met à sautiller dans cet espace de poussières vaporeuses, son comportement évoquant l'ours Baloo déguisé en danseuse dans le *Livre de la jungle*.

Prenant de l'élan avec une exubérance enfantine, il s'écrie.

— Waouh, mais c'est un truc de fou ! Je ne sens plus rien !

Puis, tout en s'animant comme un gamin enjoué, il se tourne

vers la femme et, le regard pétillant, lui demande avec malice ce qui l'attend dans la suite de cette aventure.

Elle répond d'un ton grave, affichant un air sérieux.

— Tony, vous avez eu un accident. Votre voiture a percuté un lampadaire et a brûlé. Vous êtes mort sur le coup. Il est grand temps maintenant de passer à autre chose. Êtes-vous prêt ?

Toute activité cessante, il retire son costume de babouin agité pour revêtir son habit de garçon sérieux.

— Attendez un peu ! Je veux être sûr d'un truc. Vous me faites une blague hein. C'est ça ! On est dans un nouveau jeu ?

Cherchant autour de lui, il poursuit.

— C'est quoi le truc… Nico ? Tu me fais une blague. Arrête tes conneries, je suis crevé. Je veux rentrer et me poser tranquille.

Pas de Nico, pas de voiture, pas de sol. Un grand moment de solitude marque le visage de Tony. *Finalement, elle aurait peut-être raison, la sainte nitouche,* Pense-t-il. C'est alors que la crainte l'envahit sans pourtant affecter son calme intérieur.

D'une main légère, la femme ouvre la paume de sa main et lui tend une fine et légère plume dorée.

— Regardez cette plume, dit-elle. Elle représente la légèreté de la conscience. Si votre cœur est plus léger qu'elle, vous pourrez avancer. Sinon, il vous faudra comprendre, grandir, et apprendre avant de poursuivre.

Avant que tout ne remonte à son cerveau, il acquiesce puis, en explorant la plume, il se dit que la comparaison entre la plume et son cœur est franchement insolite.

— Mon cœur ? Plus léger qu'une plume ? Sérieusement ? Mademoiselle, mon cœur pèse tellement lourd, qu'il faudrait un semi-remorque pour le transporter. Alors, à moins que vous ayez un plan B, je crois qu'on est dans une impasse.

Pendant que cette affaire commence à l'énerver, il pense à sa femme Anna et à Chloé, sa jeune fille de 15 ans. Il se demande si elles sont au courant de tout cela. Dans le même temps, d'autres pensées lui soumettent que toute cette histoire est impossible.

— La mort, une plume, cet endroit vide, cette femme ! Quel bazar.

La jeune femme sourit sans réponse. Au fond, Tony sent bien que le jeu est terminé et que de toute évidence, il ne maîtrise rien, mais dans un sombre espoir de sortir de cette situation, il se retourne et se met à marcher, encore et encore, sans que rien ne pointe à l'horizon.

Pendant quelques minutes, il observe ce paysage vide de tout et se dit que l'endroit est beau mais franchement triste, pas un chat ne passe, aucun ange tout gentil avec des ailes blanches à l'horizon. Rien, le néant. *Si c'est ça la mort, c'est pire que la solitude !* Se dit-il.

Après plusieurs minutes de marche, une silhouette apparaît au loin. Il se rapproche, espérant enfin une issue. La silhouette ressemble à une femme…

— Encore vous ? Vous plaisantez là.

Il aperçoit aussitôt que partout où, il tourne la tête, la demoiselle est présente. Il ne peut plus s'y soustraire.

S'exprimant d'une voix douce mais ferme, elle lui dit :

— Dans l'Entre-Deux, personne ne retourne en arrière. Il n'y a pas de sortie sinon celle que votre âme choisira.

Ébranlé par la situation, il ressent le besoin de reprendre ses esprits et demande à s'arrêter un instant. C'est alors qu'un fauteuil se matérialise derrière lui, et sans y réfléchir un instant de plus, il s'y affale avec soulagement.

D'air faussement détaché, Tony s'observe. Il regarde son corps qui n'est pourtant pas supposé exister. Il croise les jambes et place ses coudes un peu maladroitement sur les accoudoirs du fauteuil. Les doigts entrelacés sur son ventre, il dit d'un air interrogatif.

— Et il est où mon vrai corps si je ne suis pas dedans ? Je n'ai rien vu de tout ce qu'il s'est passé. Quand on meurt, on reste près de son corps, sans doute pour prendre conscience de son état, c'est plutôt normal non ? Comment voulez-vous que je sache que je suis mort ? Et ma famille alors, ils sont au courant ?

— Nous allons découvrir tout cela ensemble, Tony. Je suis là pour vous accompagner dans cette démarche de compréhension.

À cette réponse, il acte clairement qu'il n'a plus le choix et les questions se bousculent dans ce qu'il lui reste de cerveau. Et pourtant, une vibration résonne en lui et semble curieusement l'apaiser. Il se sent en sécurité et prêt à partager, à essayer de comprendre le sens de tout cela avec cette apaisante jeune femme.

Il reste alors confortablement assis sur son fauteuil observant le lieu et cette étrange femme.

Le regard plongé dans ses yeux, la jeune femme répond :

— Votre corps est resté sur le lieu de l'accident. Vous avez raison, certaines personnes restent près de leur corps, mais cela n'est pas toujours le cas. Ceux qui restent ont encore des choses à ajuster avec leur existence terrestre, ils ne lâchent pas prise et tentent parfois de revenir à leur ancienne vie. Parfois, c'est leur âme qui décide de rester pour apporter certaines compréhensions à leur existence humaine. Certains individus, tels que vous, n'ont pas d'emprises spécifiques liées à cette vie et se laissent évoluer rapidement.

Tony ne peut pas s'empêcher de penser que c'est sans doute parce qu'il est quelqu'un de bien. Il savoure également l'idée de se montrer sous un jour évolué aux yeux de cette jeune femme, persuadé que cela ne peut que renforcer son charme.

À cette pensée, la demoiselle lui adresse un sourire timide, mais elle se ravise presque instantanément.

De cet instant fugace, il ressent une étrange sensation. Il a eu l'impression qu'elle venait clairement de plonger au cœur de ses pensées, mettant à nu ses déductions les plus intimes.

La demoiselle se redresse et dit :

— Tony, pour répondre à votre seconde interrogation. Votre famille est informée de votre décès. Répond-elle.

— Comment l'ont-ils pris ?

— Comme un décès de proche. C'est pour eux une expérience vraiment très douloureuse, bien qu'elle soit pourtant enrichissante pour leur âme.

Jamais il n'aurait pensé que ce type d'expérience pouvait être positif.

— Enrichissante ? Pas certain que ma femme et ma fille le voient comme ça ! J'imagine déjà la scène. Ma femme Anna, doit se dire que je suis un égoïste qui ne pense qu'à lui et que je serai allé jusqu'au bout pour lui causer les pires problèmes. Elle doit se demander qui va bien pouvoir s'occuper de son ado et de tout le reste. Je suis sûr qu'elle est déjà en quête d'une nouvelle proie qui se farcira les tâches ingrates !

Puis, en pensant à sa fille Chloé, une vague d'émotion l'envahit, et il se demande comment elle pourra vivre sans lui. L'inquiétude pour son avenir le taraude, le faisant vaciller entre espoir et désespoir.

La jeune femme répond alors à ses pensées.

— Ne vous en faites pas pour Chloé, elle est évidemment très triste. Mais, sachez qu'elle sera toujours entourée. Elle détient une grande force en elle. Une force qui l'aidera à surmonter tout cela.

- *Là, c'est sûr ! La bougresse, elle lit dans mes pensées.*- Tony est stupéfait. Il jongle entre tristesse et acceptation pendant un petit moment.

La jeune femme le tire rapidement de ses pensées et de sa monotonie. Les émotions de Tony s'évaporent alors comme par magie.

— Passons à la suite ? propose-t-elle.
— Voyez-vous, il existe une conscience à la base de toute vie. Cette conscience est présente dans chaque particule du vivant. Au sein de ces particules, infiniment petites, se forment des ensembles que nous nommons des agrégats de conscience.
— Tony s'intéresse, mais le sujet lui semble un peu complexe. Elle poursuit.
— Ces agrégats vibrent de façon imperceptible au monde des vivants. Avez-vous été attentif à la vibration de la conscience qui guide votre cœur ?

Il la fixe avec ses yeux de chien battu, plongeant son regard dans le vide, comme s'il cherchait des réponses dans un nuage. La tête légèrement baissée, il affiche une expression un peu hébétée, un mélange de honte et de fausse compréhension. Quand il finit par répondre, sa voix résonne avec une sincérité désarmante

— Non, pas vraiment ! Le son de ses mots qui peinent à s'échapper est chargé de tout ce qu'il n'ose pas dire, mais aussi de toutes ses blessures.

Pour masquer son ignorance, il tente alors, tant bien que mal, un truc incompréhensible sur la physique quantique, entre particule et vibration, infiniment petit et infiniment grand. Il va même jusqu'à vendre des explications prodigieuses sur la possibilité d'univers parallèles. Il s'écoute alors parler, en prenant des airs de conférenciers avec un humour tout droit sorti d'un théâtre de vaudeville.

Tony a toujours eu ce don pour jouer l'idiot de service, jonglant entre le sérieux, les blagues et les pitreries pour masquer ses véritables réflexions.

Pourtant, derrière cette façade enjouée, il demeure un lecteur avisé, maîtrisant avec brio quelques sujets pointus. Ses connaissances, souvent inattendues, surgissent dans des conversations plus profondes, révélant une facette de lui souvent ignorée.

Le regard amusé de la dame le stoppe net. Il ravale alors son ego et tente une pirouette.

— OK, c'est clair, je n'y connais rien du tout ! Et au fait, comment vous appelez-vous ?
— Je m'appelle Ève.
— Ah ça, j'aurais dû m'en douter, Ève, bien sûr ! Parlez-moi de votre truc de vibration.

— Ève lui sourit et reprend.
— La vibration est la conscience. Il faut comprendre que la conscience est intégrée dans des particules. Elles sont bien plus petites que ce que vous nommez le « Boson de Higgs ». Cette conscience reliée, elle est partout dans chaque cellule et se répand au sein de ce que vous appelez l'univers.

Elle ajoute.

— Parfois, elle s'accumule pour former une matière plus dense. Et plus la matière prend forme, plus la conscience devient autonome.

Il écoute attentivement. Il imagine une cellule, qui devient un œuf, qui devient un poussin, qui devient une poule. Il se demande où peut bien se trouver la conscience dans une poule !

Ève sourit. Il l'observe avec une certaine empathie.

Toujours assis sur son fauteuil, il est enferré dans ses réflexions. Il lève alors ses sourcils et laisse échapper un souffle d'effarement. Son visage se fige et sa volonté d'en savoir plus se traduit par un unique mot OK !, qui tombe sur le sol comme une boule de bowling placée directement dans la rigole.

Ève est attendrie par cette attitude détachée bien qu'elle sache qu'il a compris le sujet. Elle continue posément.

— Chaque agrégat est relié à la conscience. Mais lorsqu'ils s'assemblent pour prendre une dimension de matière plus grande, la conscience se perd dans la matière.
— OK. Alors, plus on devient matière, plus on s'éloigne de la conscience universelle ?
— Oui, plus les agrégats sont plongés dans la densité de la matière, plus ils s'éloignent des principes universels. Il faut comprendre que l'association des agrégats qui compose une matière viable développe ce que vous appelez une intelligence. Cette intelligence leur confère un libre-arbitre. Mais dans ce libre-arbitre, l'agrégat possède toujours une mission qui le rattache à la conscience universelle.
— Vous voulez dire que nous avons un cerveau qui nous rend libres, mais que nous avons tous une mission inconsciente, c'est cela ? Quelle mission ?

Tony est troublé par cette vision du monde, qu'il ne peut s'empêcher de trouver juste.

— Cette mission est de bénéficier aux autres éléments de vie. Par exemple, l'arbre transmet l'oxygène pour maintenir le vivant sur terre, la fleur révèle le pollen permettant aux abeilles de recréer d'autres agrégats de vies utiles pour le vivant. La fourmi se nourrit de déchets organiques, d'insectes ou d'autres animaux morts. Elle aère le sol pour permettre le cycle de la vie.

La douceur de ses mots flotte dans l'air, créant une atmosphère empreinte de sincérité. Tony se retrouve à contempler cette réalité palpable, s'interrogeant sur la profonde humanité qui émane de leur échange.

Ses pensées se heurtent les unes aux autres, fusant comme des éclairs dans son esprit. Chaque réflexion soulève une question existentielle, un besoin de comprendre le sens de la vie et des relations qui l'entourent.

— Et les Hommes ? demande-t-il.
— Ils sont également des agrégats de matière.
— Je me doute, cela signifie que certains agrégats se ressemblent ?

Ève le regarde dans les yeux.

— Oui, c'est souvent le cas. Le principe même de l'agrégat est de se reproduire et d'évoluer. C'est l'une des lois du vivant, la reproduction, la transmission. C'est ainsi que va naître ce que vous appelez les espèces. Les agrégats se multiplient en fonction de leur mission, plus ou moins rapidement. Un peu comme les cellules d'un enfant dans le ventre de sa mère. Elles vont se rassembler et s'agréger pour devenir une vie intelligente.
— Cela paraît si simple de la manière dont vous l'exprimez.

Dans un moment d'égarement, Tony se laisse submerger par des pensées sombres à propos de sa femme. - *Sur les millions de grains de particules qui l'entourent* - se dit-il - *Elle n'a pas tiré le gros lot. Elle a raflé le prix des particules les plus pourries, et voilà qu'elle finit confinée dans cet agrégat ignoble.* - Il se demande si c'est pour cette raison qu'elle passe tant de temps à faire le ménage et à râler. - *Elle a besoin de faire son nettoyage intérieur* - Pense-t-il, un soupçon d'irritation perçant à travers ce constat.

Tony se rappelle la jeune Anna qu'il avait rencontrée. À cette époque, elle était superbe, plutôt timide, brune, métisse, un corps de rêve et un charme fou. Mais un matin, quelques années après leur rencontre, elle avait sorti de sa poche un paquet contenant un vieux caractère jaloux et colérique. De ce jour, Tony l'avait vu se transformer en petit monstre ou en sorcière par alternance. C'était assez simple, lorsqu'elle prenait un balai, il ne savait jamais si elle allait s'envoler avec ou lui taper dessus. Les appareils ménagers devenaient ses armes favorites.

Cette métaphore le fait sourire. Tony le sait, il a gardé une rancœur envers Anna qui le traverse encore après sa mort.

Ève sourit également et cette moue fait instantanément frissonner Tony. Il ressent alors un sentiment familier comme s'il connaissait cette femme.

Ce petit éclat rieur, à la fois innocent et chaleureux, éveille en lui des réminiscences d'instants de complicité presque fusionnels. Mais l'instant furtif disparaît dans les méandres de son inconscient. Troublé, il ressent la magie d'une connexion authentique et familière.

Il est aussitôt sorti de ses pensées lorsqu'Ève lui dit :

— Voila une drôle de manière d'imaginer votre femme, la scène est originale !

Alors même que son extravagante vie privée apparaît sans filtre devant elle, cette intrusion dans ses pensées fit voler en éclats ses émotions fusionnelles.

— Non, mais je ne vous autorise pas à pénétrer dans mon esprit. Il n'existe pas quelque chose qui s'appelle l'intimité, ici ?

Son visage se durcit, et une idée absurde lui traverse l'esprit : que penserait Ève s'il se mettait à imaginer des jeunes femmes séduisantes ? Sans hésiter, il claque la porte sur cette dernière image, jugée inappropriée puis reprend la conversation.

— C'est vrai, Anna est comme ça ! J'y peux rien ! Dit-il avec un léger sourire trahissant sa gêne.

Ève lui rétorque

— Si cela vous perturbe, je peux tout simplement éviter d'observer vos pensées.

— Sujet qu'il acte avec fermeté pour enfin revêtir sa dignité.

Il reprend rapidement l'échange.

— Revenons à nos moutons, vous parliez des agrégats de conscience. Donc, si je résume, l'Homme est devenu individualiste, mais reste tout de même rattaché à la conscience universelle. Il doit, a priori avoir une mission en lien avec la conscience tout comme les arbres ou les fourmis. C'est bien cela ?

La jeune femme acquiesce.

Le coude toujours posé sur le bras du fauteuil, une main sous le menton, il réfléchit à la mission en question et pense alors aux personnes travaillant dans l'aide humanitaire, ou des infirmiers, des médecins, des associations d'aide … Ce type de métiers lui semble être des missions adaptées à conscience universelle.

— En effet, c'est en partie ce type de missions là, répond-elle.

Cette réponse encore une fois intrusive résonne dans la tête de notre homme qui se redresse d'un coup de son fauteuil. Ses pupilles se fixent froidement dans les yeux d'Ève, lui donnant un dernier répit avant la prochaine sommation.

Elle se reprend, gênée.

— Je suis désolée, c'est instinctif. À l'avenir, je serai plus vigilante.

Ève est une femme, grande, environ la trentaine. Son visage angélique et sa peau laiteuse dégagent une douceur apaisante. Sa longue robe blanche, met en valeur la finesse de son corps, lui confère une élégance intemporelle. Avec ses longs cheveux, elle semble jeune et pourtant, une grande sagesse vibre en elle, révélant une profondeur d'âme qui illumine son apparence. Elle incarne un mélange harmonieux de beauté, d'intelligence et de sagesse.

D'un air paisible, elle dit.

— Vous savez, les Hommes sont devenus au fur et à mesure de l'évolution, des êtres intelligents et libres. Du moins, ils le croient. Certains d'entre eux restent proches de la mission universelle, d'autres s'égarent. La matière les envahit, et ils s'y perdent.

Elle s'éloigne en marchant le forçant à se lever pour la suivre. Il se rapproche d'elle, faisant de petits pas de sportif avec ses grosses baskets et reste bien à l'écoute.

Cette marche, côte à côte, crée un contraste assez saisissant. Ève est longiligne et délicate avec une allure de déesse, à l'opposé de Tony, plus petit, légèrement voûté, ressemble à un skateur des rues sur le retour d'âge.

La jeune femme continue tranquillement son discours.

— Il est difficile pour l'Homme de faire la différence entre ses pensées et sa conscience. L'intelligence peut se développer dans l'empathie ou dans l'individualité, et malheureusement de nombreux humains ont choisi un développement narcissique. Cela ne fait pas d'eux de mauvais êtres, mais ce n'est pas le chemin de l'expérience. Ce développement perturbe l'évolution harmonieuse du monde. C'est d'ailleurs pour cette raison que l'Homme régresse aujourd'hui.

Surpris par ce regard sombre, le nouvel arrivant de l'Entre-Deux s'insurge :

— Mais comment ça, l'Homme régresse ! On n'a jamais été aussi bien dans ce monde. On a construit des édifices, la plupart d'entre nous ont un toit et de quoi manger. On est l'espèce la plus intelligente de cette planète. Nous sommes d'ailleurs très organisés collectivement pour évoluer et nous nourrir. Sans parler des technologies ! On galère un peu, mais de toutes les espèces vivantes, on s'en est franchement bien sortis !

— De toutes les espèces, vous êtes la seule qui ait fait le mauvais choix. Celui de la régression !

— Régression ?

— Votre manque d'empathie a détruit votre capacité à faire fructifier les valeurs de l'humanité, vous ne respectez plus le vivant. Les Hommes se sont perdus dans le matérialisme. Cette situation a troublé leur capacité de connexion à la conscience universelle.

D'un air déçu, Tony réplique.

— Je vous sens légèrement pessimiste ! Vous ne parlez pas de la majorité de la population mondiale. Il y a aussi des gens très bien, je vous rassure !

Tony est un optimiste par nature et au-delà de sa dimension de comique théâtral, c'est un homme également altruiste.

Lorsqu'il était jeune, sa gentillesse lui avait souvent joué de mauvais tours. Le nombre de fois où il avait soutenu des personnes ne se comptait plus. Cependant, il était clair, qu'en cas de difficulté pour lui-même, il n'y avait personne devant sa porte pour l'aider. Il était vu par les autres comme celui qui donne sans demander en retour, celui qui ouvre son sac pour que l'on puisse y vomir ses problèmes puis repartir légers et sereins. C'était l'homme qui rassure et rend le sourire aux âmes perdues. Un bon garçon, disaient ses parents. D'autres auraient dit qu'il était plutôt con de se laisser berner par tout le monde.

Il était, tout simplement une belle personne.

Une chose est sûre, c'est qu'il avait du cœur, un énorme cœur dont personne n'avait mesuré l'ampleur.

— Allons-y Tony, nous n'avons pas beaucoup de temps !

CHAPITRE 2.
UNE NOUVELLE AME

Il est tard, bien trop tard pour être sur la route. L'autoroute A64, déserte, s'étire devant Tony comme un ruban d'encre noire bordé de lumières jaunes clignotant faiblement à intervalles réguliers. Tony sort d'une soirée bien arrosée, entre mecs. Sur la route, il pense à sa fille Chloé et se dit qu'il va vite devoir la reprendre en main avant que la situation n'empire.

Chloé est une adolescente d'une rare beauté. Avec sa chevelure brune, ses yeux marron étincelants et ses traits délicats, elle pourrait sans aucun doute briller sur n'importe quelle podium de concours de beauté. En revanche, côté caractère, son signe astrologique ne l'aide pas ; Lion ascendant Scorpion, pas un pour rattraper l'autre. Le résultat est sans appel : elle est individualiste, têtue et capricieuse, mais quand la lionne s'endort sans se faire piquer par le scorpion, elle devient affectueuse, douce et sentimentale.

Ce caractère bien trempé a toujours poussé Tony dans ses retranchements. La collision de l'individualisme de Chloé avec le grand cœur de son père a toujours provoqué chez elle des élans d'ouverture du cœur, tandis que lui apprenait à rester vigilant pour ne pas devenir un jouet, ni pour sa fille, ni pour les autres. Chacun y prenait donc du bon pour soi.

Tony conduit tranquillement et pense à ce gars que Chloé avait rencontré, il y avait peu de temps. Un petit jeune encore maigrelet, mais plutôt beau gosse. Un jeune dans l'âge des amateurs de trophées féminins. *Incroyable !* Se dit-il, *Il y en a des milliers de bons gars sur cette planète, mais il faut toujours qu'elle se ramasse le type le plus contaminé du lot. C'est comme si son viseur était en mission : mec avarié.*

Il sait que dans quelque temps, il va la ramasser en miettes et qu'il lui faudra une énergie surhumaine pour la réparer et lui faire renoncer à son dernier tueur de cœurs en série.

Il se concentre sur la route du retour avec une sensation de lassitude. Ce soir, le canapé sera une nouvelle fois son meilleur ami. Il y a un mois, Anna a sorti ses caleçons de la chambre et lui a dit de se débrouiller dans le salon. Quant à Pataud, son chien, cela fait longtemps qu'il a compris qui est le maître. Ce vieux labrador lourdaud et paresseux regarde passer les trains de la colère. Il s'est fait une raison sur les aptitudes guerrières de sa maîtresse, comme sur les non-dits de son maître.

En rentrant chez lui, Tony se fera encore discret pour éviter le réveil furieux de la femme qui dort dans le lit conjugal et tentera de s'endormir rapidement, car à 5 h 30, pétantes, il devra quitter la pièce et partir bosser. Anna veillera à ce que son départ au travail soit aussi rapide qu'efficace.

Mais il vient de passer une soirée qui l'a vraiment détendu avec son ami d'enfance Nico. Ils se sont bien marrés et ont passé la nuit à parler de carburateurs, de V-Twin, de quatre cylindres et de pistons. Les vieilles bécanes, c'est leur passion à tous les deux. Un ou deux pétards dans le pif et Tony s'est décidé à rentrer chez lui.

Pendant qu'il refait dans sa tête toute la mécanique de sa dernière moto, les kilomètres défilent. Il conduit tranquillement sa voiture 6 cylindres qui vrombissent et dansent au rythme d'une musique de la Motown. La vie est belle.

Et pourtant, sa situation est délicate, il vient de perdre son entreprise et tente de sauver les meubles avant liquidation. Son couple est dans le même état, mais les meubles ne sont pas à lui.

Cela ne remet pas en cause ses qualités d'optimiste. Il est d'ailleurs souvent le bout en train de la bande. Sa présence est toujours un plaisir. Il aime rire, et son sens de l'humour lui confère un charme indéniable dont il n'a pas vraiment conscience.

Il a ce talent exceptionnel de transformer une situation de crise en un moment convivial, apportant légèreté et chaleur, même dans les instants les plus difficiles. Cependant, derrière cette façade joyeuse, drôle et théâtrale, se cache un petit garçon un peu triste, en proie au doute sur lui-même.

Malgré cette fragilité, il a fait le choix d'embrasser la vie avec passion, croquant chaque instant avec détermination et optimisme.

Il fouille d'une main dans sa besace à côté du siège, cherchant son téléphone pour changer de musique. *Allez, ou es-tu ma petite playlist !* marmonne-t-il.

Il observe alors d'un œil qu'une voiture à pleine vitesse arrive au loin derrière lui. – *Il fonce le mec ! L'autoroute est suffisamment large !* - Se dit-il. Il reste tout de même vigilant et continue sa recherche, la main fouillant dans le sac.

La berline se rapproche rapidement. *Mais qu'est-ce qu'il fout ce cinglé ?!* Tony serre son volant et reste sur sa file de droite pour laisser passer.

En à peine une seconde, l'autre véhicule percute son pare-chocs arrière gauche. Tony entend le choc violent. L'air se bloque dans ses poumons. La voiture est projetée à 130 kilomètres heures sur la barrière de sécurité de droite. Tout devient flou. Sa voiture part en tonneau et se retourne à plusieurs reprises pour atterrir brutalement contre un poteau lumineux.

Il ne s'est passé que 3 secondes.

Il faisait sombre. L'air est lourd et immobile, à peine troublé par les flammes qui lèchent la carcasse de la voiture. Les fils électriques du lampadaire crépitent, ajoutant une note sinistre à la scène. Des silhouettes se précipitent dans l'obscurité, des passants accourent pour aider. Des voix résonnent, paniquent et brouillonnent.

— Il faut l'éteindre ! Dépêchez-vous ! Cria un homme, brandissant un extincteur.

Un pompier se précipite et s'agenouille près du corps inerte, sa lampe frontale éclairant un visage ensanglanté, méconnaissable.

Il pose deux doigts sur le cou de Tony, cherchant un pouls. Rien. Il commença les compressions thoraciques, ses gestes précis et rapides, luttant contre l'évidence.
— Allez, respire, bon sang ! Respire !

Mais Tony… n'était déjà plus là.

Chapitre 3.
Les ames libres

Tony marche en silence, les mains dans les poches, suivant la silhouette éthérée d'Ève. Elle avance avec une grâce presque surnaturelle, ses pieds ne semblant jamais toucher le sol. En contraste, Tony, lui, traîne comme un gamin boudeur, le regard baissé, ses chaussures sales laissant de petites volutes de brume à chaque pas.

— OK, c'est quoi la suite ? demande-t-il d'un ton bourru. On va où ? C'est quoi le plan ?

Ève ne répond pas tout de suite. Elle continue d'avancer, imperturbable, avant de s'arrêter soudain. Elle se tourne vers lui, ses yeux bleus semblant percer à travers ses pensées.

— Tony, vous savez que vous êtes ici pour apprendre. Pour avancer.

Il hausse les épaules, tentant de masquer son malaise avec une plaisanterie.

— Avancer, hein ! Eh bien, j'espère que vous avez un bon GPS, parce que là je suis complètement paumé.

Elle esquisse un sourire intrigué, et Tony peut sentir qu'elle attend qu'il cesse de fuir.

Ils continuent à marcher, côte à côte cette fois. Le silence qui les entoure est oppressant, mais quelque chose finit par pousser Tony à parler.

Pour changer l'atmosphère, il prend un air de comique théâtral.
— Donc... Vous dites que je suis mort. OK, soit. Mais expliquez-moi un truc : pourquoi je n'ai pas pu dire au revoir ? Pourquoi on me balance ici, dans ce... no man's land, sans même me laisser une chance de dire à ma fille que je l'aime ? C'est une règle divine débile ou quoi ? D'ailleurs, il est où, ce fameux dieu ? J'ai deux trois trucs à lui dire.

Il s'arrête, plantant ses mains sur ses hanches, comme s'il espérait qu'une réponse tombe soudainement du ciel.

Ève s'arrête également, le fixant avec une douceur mêlée de gravité.

— Vous aurez une chance, Tony. Une chance de dire au revoir. Mais pour cela, vous devez d'abord libérer votre âme du poids qu'elle porte.

Tony fronç les sourcils.

— Du poids ? Vous voulez dire... Encore cette histoire de plume ?

Elle hocha la tête, mais son expression se fit plus sérieuse.

— Votre cœur, Tony, est alourdi par ce que vous n'avez pas encore compris. Vos regrets, vos peurs, votre colère, tout cela vous retient. Tant que vous ne les affrontez pas, vous ne pourrez pas avancer. Ni pour vous, ni pour votre famille.

— Très bien, mais alors il faudra m'expliquer ce que je peux faire avec des nuages à perte de vue !

— C'est exactement cela. Je vais vous guider.

Tony observe la jeune femme et trouve la situation burlesque.

Elle est élégante, gracieuse et visiblement intelligente. Quant à lui, son bermuda trop large a du mal à s'ajuster à sa chemise trop serrée. - *Franchement, j'ai une dégaine de ringard avec mon ventre à bière et mes gros cuissots*-

Malgré son look négligé, cet homme plaît à la gent féminine. Allez savoir pourquoi !

En regardant au loin, il se dit qu'il se faisait une autre idée du paradis. Il imaginait un monde de bonne humeur et de joie. Au lieu de cela : - *C'est la misère ici !* -

Il scrute le visage de sa voisine, qui laisse échapper un discret petit rire en coin. Une attitude qui soulignerait encore une fois qu'elle s'est incrustée dans ses pensées sans respecter le panneau Stop.

Ève lui sourit et rougit. Ce sourire, empreint de gentillesse, parvient à le faire fondre.

— Bon, vous n'êtes pas d'accord ? C'est pas super cool ici ! Non ? Et puis c'est vrai que j'aurais dû changer de fringues avant d'atterrir, dit-il, un peu déçu.
— Tony, revenez à vous !

Il se calme et détourne son regard, intrigué par une lumière douce qui vacille à l'horizon. Il plisse les yeux et distingue au loin une silhouette qui se dessine et semble avancer vers eux.

D'abord, assez floue, puis de plus en plus nette.

— C'est qui, ça ? murmure-t-il.
— Approchez. Répons Ève simplement.

Il hésite un instant, puis se met à marcher. Plus il avance, plus la silhouette devient nette. Il s'arrête d'un coup, force sur ses yeux et croise les bras comme pour se protéger.

Une femme, élégante et radieuse, vient de s'asseoir sur un canapé qui semble avoir été placé là pour elle. Quand il est suffisamment proche, son souffle se bloque.

— Mamie… ?

Simone, sa grand-mère, lui sourit, aussi vivante qu'il l'avait connue. Elle porte sa tenue favorite : une robe très classe aux tons pastel, ses cheveux sont impeccablement coiffés, comme toujours. Elle a cet éclat dans les yeux, ce mélange de tendresse et de malice qu'il avait tant aimé.

Tony se fige, incapable de bouger. Les souvenirs l'envahissent d'un coup : les dimanches passés dans son jardin, l'odeur de son gâteau aux pommes, et surtout, cette façon qu'elle avait de toujours le faire se sentir en sécurité, quoi qu'il arrive.

— Mais… Tu es… Non. C'est pas possible, balbutia-t-il. T'es morte depuis… Depuis des années.

Simone éclate d'un rire cristallin.

— Et toi aussi, mon chéri. C'est pour ça qu'on peut se parler. Tu comprends mieux, maintenant ?

Sa mamie est décédée alors qu'elle avait 96 ans. C'était pourtant encore une femme d'apparence jeune, dynamique, toujours bien apprêtée, dotée d'une grande classe et d'un caractère pétillant. Ayant vécu les horreurs de la guerre pendant sa vie, sa devise était de profiter au maximum. Elle était rayonnante, toujours joyeuse, ce qui ne l'empêchait pas de son vivant de prendre de bonnes doses d'anxiolytiques afin de camoufler sa grande sensibilité.

Il passa une main nerveuse sur sa tête, cherchant ses mots.

— Je comprends rien, mamie. Pas plus maintenant qu'il y a cinq minutes. C'est quoi, cet endroit ? Et toi, qu'est-ce que tu fais ici ?

Elle tapote le canapé à côté d'elle.

— Viens t'asseoir, on va en discuter.

Hésitant, il obéit. Dès qu'il s'installe, il sent une chaleur réconfortante l'envahir. Comme si, pour la première fois depuis son arrivée ici, il pouvait respirer un peu plus librement.

— Alors, c'est ça, le paradis ? demande-t-il en regardant autour de lui. Des nuages et des vieux canapés ? Où sont les anges, les harpes, tout ça ?

Simone le regarde affectueusement.

— Le paradis, mon garçon, n'est pas un lieu. C'est un état d'être. Un espace où chaque âme crée son espace pour évoluer.
— Génial. Et moi, apparemment, j'ai décidé de choisir un espace déprimant dans un décor de brouillard. Top !
— Toi, tu n'es pas encore au paradis, tu es dans l'Entre-Deux. Ce lieu est comme une école. Il va te permettre d'apprendre à être une âme.
— Et toi, tu es donc au paradis et ça se passe comment ?

— Simone lui dit calmement.
— Au paradis, nous pouvons être partout à la fois. Je suis dans un espace-temps différent et près de toi, en même temps.
— Là, en ce moment, tu peux être ailleurs ? demande-t-il, interrogatif.
— Oui, je suis également à de nombreux autres endroits.

— C'est incompréhensible. Et tu as appris tout ça ?
— Oui, j'ai appris. Tout comme tu apprendras également ici.

Tony a confiance en sa grand-mère et prend ses paroles pour acquis, bien que la situation le désoriente.

— Tu vois mon garçon, l'intelligence humaine est un don du ciel, mais elle est très limitée. L'être humain se limite souvent à une réalité d'existence centrée sur lui. Ainsi, il va imaginer un dieu pour tout gérer, un paradis pour l'accueillir, une planète à lui, une maison pour sa famille, une belle voiture dans son garage, etc. Toute sa pensée tourne autour de sa propre personne, il ne peut pas imaginer que des capacités à être partout puissent exister.

Tony absorbe chaque mot de sa grand-mère.

— Cette histoire, d'être partout en même temps est intrigante ! Comment est-ce possible ?
— Eh bien, l'âme se trouve partout. Ce que je veux dire, c'est que l'âme a un fonctionnement illimité, car elle est reliée à la conscience universelle.
— J'ai vraiment du mal à imaginer cette possibilité.
— C'est tout à fait normal. Tu es toujours dans l'idée préconçue que l'homme appelle « mon âme » en tant qu'unité. Il te faudra te libérer de tes entraves humaines pour découvrir l'amplitude de l'âme. Ève sera là pour t'aider.

L'échange se poursuit comme s'ils ne s'étaient jamais quittés. Sa grand-mère lui raconte comment il est mort en exprimant chaque détail, puis elle le rassure sur la continuité de la vie de sa fille.

— Chloé est amenée à un bel avenir et elle commence à se préparer dès aujourd'hui.
— C'est facile à dire ça mamie, elle doit être effondrée ma petite Chloé. Elle n'a que moi ! Sa mère ne s'occupera jamais d'elle. Pire, elle va lui mener une vie d'enfer. Comment veux-tu qu'elle s'en sorte seule ? Je te le dis sincèrement ! Ce n'était pas le moment que je meurs. J'avais encore besoin de l'aider à grandir.

Tony baisse la tête et pour la première fois depuis son arrivée ici, des larmes perlent sur son visage.

Sa grand-mère se rapproche de lui et pose délicatement sa main sur son épaule.

— Elle est forte notre Chloé. Bien plus forte que tu ne le crois. Cette épreuve la transformera. Elle deviendra une femme incroyable. Mais pour ça, elle aura besoin de ton aide.
— Mon aide ? Mais je suis mort, mamie. Qu'est-ce que je peux faire ?

Elle essuie délicatement la petite larme sur sa joue.
— Écoute. Chloé va traverser des périodes de solitude et de doute. Elle se sentira abandonnée et rejetée par sa mère. Il est possible qu'elle commette quelques erreurs, mais des âmes bienveillantes veilleront sur elle et l'aideront à avancer. L'épreuve de ta perte, ainsi que toutes celles qui suivront, la transformeront et la rendront bien plus forte que tu ne peux l'imaginer. En réalité, elle sera bien plus résiliente sans toi à ses côtés.

Tony essaie de se reprendre. Cet hypersensible au grand cœur tente d'appeler à son secours ses derniers restes de joie intérieure pour se réconforter, mais cette fois-ci, il peine à les rassembler.

En se redressant, il ressent la main chaleureuse de sa mamie sur son épaule. Il s'enivre de cette douceur réconfortante et lui demande.
— Pourquoi, je n'arrive pas à sentir ta main comme avant et pourquoi je vois toujours nos corps, puisque nous sommes morts ?

Pleine de sagesse, elle lui répond
— Tu apprendras tout cela avec Ève. Tu devras t'extraire de tes propres frontières et développer ta conscience.

Elle poursuit.
— L'être humain a des capacités pour développer sa conscience, mais il a régressé et s'est totalement fermé à cette voie.

Tony reprend sa grand-mère.
— Ah oui ? Comment ça régressé ?
— L'être humain a des aptitudes de conscience qu'il a peu développées. Il fut un moment où le chemin aurait pu aller vers une réelle évolution, car plusieurs sages avaient créé des méthodes pour ouvrir leur conscience. Certains peuples avaient même expérimenté des rituels pour se connecter à leur âme. Ils ouvraient ainsi le chemin.

— Tu parles des Mayas, des rituels amérindiens ?
— Entre autres, à force d'entraînement, de prières ou de dons sacrés, certains ont vécu des expériences de communication avec la conscience universelle. Mais ces ancêtres-là n'ont pas été pris au sérieux, leur civilisation a été détruite par la rage matérialiste et la jalousie des Hommes. Leur connaissance s'est perdue.

Elle poursuit.

— D'autres aventureux avaient appris en se promenant dans l'espace-temps à ramener des savoirs ou des facultés plus abouties sur terre et avaient réussi à les faire reconnaître.
— Ah bon ! Ils se baladaient dans l'espace-temps ? Non, mais sérieux, mamie. C'est de la science-fiction, ce que tu me racontes ! S'étonne-t-il.
— Par exemple, de grands génies comme Tesla ou Einstein recevaient l'information de leurs découvertes pendant qu'ils méditaient ou dormaient.
— Incroyable !
— Oui, mais malheureusement, au fil du temps, ces facultés spirituelles ont été mises de côté et moquées, car elles effrayaient. Quelques connaissances ont été transmises, mais elles ont principalement été utilisées pour servir l'Homme au détriment de la mission collective de conscience.

Stupéfait par l'étendue des connaissances de sa grand-mère, il l'écoute avec attention. Il pense aux anciens peuples aztèques, aux Égyptiens, aux sorcières, aux médiums, mais aussi à cette fameuse partie de OuiJa qu'il avait expérimentée avec des amis quand il était jeune.

Il se souvient que, dans sa jeunesse, lors d'une soirée bien arrosée, ses amis avaient découpé des lettres de l'alphabet sur des morceaux de papier. Ils les avaient placés, une par une, en formant un cercle sur une table, puis ils avaient mis un verre au milieu du cercle. Ce jeu, très à la mode, consistait à appeler des esprits pour échanger avec eux. L'esprit utilisait un verre qu'il dirigeait vers les lettres de l'alphabet et cela finissait par créer des mots, puis des phrases. Ainsi certains avaient des réponses à leurs questions.

Au fond, Tony était un trouillard de première. Ses soirées

réveillaient en lui une angoisse primaire, celle de fuir et de retrouver un endroit sûr. Plus le verre bougeait, plus il tressaillait. Plus l'esprit répondait, plus il sursautait. Ces soirées étaient plutôt amusantes pour ses amis. À chaque soirée « esprits », il usait et abusait d'une attitude distrayante de gosse effrayé. Ses mimiques renforçaient de façon burlesque cette apparence : ses yeux finissaient écarquillés comme des soucoupes et sa bouche grimaçait cherchant des mots pour exprimer sa terreur.

Dans des moments de frayeur désespérée, il finissait par s'enfoncer en boule dans le canapé, et le spectacle terminait toujours de la même manière, il prenait n'importe quel objet improbable pour se cacher comme un pot de fleurs, une feuille de papier ou un sac. Ses amis riaient. Tony exagérait et ils aimaient ça.

Ses potes avaient fini par le surnommer « Pétoche » et prenaient un malin plaisir à lui raconter des histoires d'esprits terrifiantes. Durant son adolescence, ce surnom ne l'avait jamais dérangé et lui était devenu familier.

Simone interrompt ses pensées :
— Que pensais-tu de ses moments de rencontres avec les esprits ?
— Ah mamie ! Toi aussi, tu lis dans les pensées ? C'est dingue ce truc.
— Oui, c'est plus simple pour communiquer mon garçon.

Tony observe qu'il n'entend rien et se demande comment faire pour avoir ce don d'entendre l'impossible.
— Ça viendra ! Lui répond Simone.

Il revient au sujet de connexion avec les esprits et répond.
— À vrai dire, je n'aimais pas vraiment ce genre de jeu, car au fond, je sentais en moi, qu'une autre dimension existait, une dimension que je ne maîtrisais pas plus que mes amis. Je n'avais pas lu beaucoup de choses sur le sujet et j'avais parlé avec eux des risques face aux esprits, mais, la seule chose qui les intéressait, c'était de s'amuser.

Sous sa carapace naïve, Tony est un homme intelligent. Il a

acquis dans ces lectures une certaine culture qu'il ne met jamais en avant.

— Et tu avais raison ! Les esprits qui répondent ne sont pas toujours les plus sages. Lui dit Simone.

— Ça, je le savais ! Et j'ai arrêté net l'aventure lorsque l'un des prétendus « Esprit » a annoncé la mort de l'un d'entre nous.

— Fort heureusement… Poursuit-il, 20 ans plus tard, ils sont tous encore en vie… Tous, sauf moi !

Évidemment, il n'avait aucunement besoin de raconter oralement cette aventure à sa grand-mère qui commençait déjà à formuler une réponse à ses interrogations.

— Tu avais raison. Souvent, les âmes qui restent sur terre après leur mort n'ont aucune réponse intéressante à livrer. C'est surtout, qu'elles s'amusent, quand elles peuvent. Souvent, elles ne restent que pour comprendre certains événements ou parce qu'elles ne veulent pas se détacher de quelqu'un. Elles ne sont pas pour autant de mauvaises âmes, mais leur chemin de compréhension sur terre n'est pas terminé.

— Tony prend conscience de la réalité de la situation avec effroi. Avant, il avait des doutes, mais ces dernières incertitudes viennent de s'envoler avec les paroles de sa grand-mère.

— Tu sais Mamie, c'est franchement effrayant ! Du coup, en tant qu'humain, j'étais surveillé ? C'est flippant ça.

Elle le regarde en penchant la tête avec compassion :

— Tu n'étais pas plus surveillé par ces âmes qu'un grain de sable au milieu du désert. Ces âmes ont autre chose à faire que de venir te voir. Ce que tu penses là, c'est une pensée limitative humaine. Tu recentres sur toi cette possibilité. Les âmes ne fonctionnent pas du tout comme cela et n'attachent pas d'importance aux mêmes choses que les êtres humains.

En scrutant ses pensées, elle ajoute

— Là, tu vois, tu t'imagines que les Esprits peuvent te voir nu sous la douche, eh bien eux, figure-toi que ton corps ne leur fait ni chaud, ni froid. Ils s'en fichent.

— Arrête Mamie, ne me regarde pas à poil dans mes pensées s'il te plaît. C'est gênant ! dit-il en riant. Ben, tu vois, les esprits, c'est comme ma femme finalement, mon corps ne lui faisait ni chaud, ni froid !

Ils éclatent de rire.

Elle réplique directement.

— Tes amis et toi, vous avez provoqué l'expérience. Vous vouliez y croire et l'envie profonde d'y arriver. En vous connectant à votre corps, à votre mental et à votre esprit, vous avez créé un pont de conscience. Vous les avez appelées, certaines sont venues.

— Beurk, ça me dégoûte, réplique Tony.

Elle le regarde de haut en bas.

— Et toi, tu es mort et pourtant, tu n'es pas vraiment un danger pour les humains ?

— Tu as vu ma tête ? Je ne fais pas peur à une mouche. Imagine que, c'est moi qui avais peur de ma femme. Je peux te dire qu'elle poufferait de rire à l'idée que je puisse effrayer quelqu'un !

Sa mamie rit de bon cœur avec lui.

— Tu comprendras bientôt. Mais pour l'instant, laisse-moi te dire une chose : tu as un rôle important à jouer, ici, et là-bas. Tu dois être prêt pour réussir ta mission. C'est important pour Chloé et pour le monde.

À ce moment, Il ouvre la bouche pour poser des questions, la lumière autour d'eux se met à vaciller. Alors, Simone pose une main rassurante sur son épaule.

— Ève t'attend.

Avant qu'il ne puisse protester, elle se lève, et son image s'efface doucement, comme une flamme qu'on éteint.

Tony reste assis, seul, le cœur lourd et la tête pleine de questions, mais il est étrangement apaisé. Pour la première fois depuis son arrivée dans l'Entre-Deux, il sent en lui une étincelle d'espoir, un chemin se déssiner.

Chapitre 4.
Chloe

Lettre à papa

Papa,

Je suis vraiment en colère.

Comment tu as fait pour te farcir ce monstre ! Je t'en veux de m'avoir abandonnée et laissée seule avec cette folle. À cause de toi, je suis devenue le prolongement d'un robot ménager. Mon cerveau s'est transformé en tête chercheuse de poils de chien. Je me suis transformée en balai-brosse.

Maman ne me supporte plus. Elle dit que je suis ton portrait craché. Pourtant, je me rends compte que je deviens insupportable comme elle.

J'ai même plus de mecs, parce que vu que j'ai gagné au gros lot, les gènes de cette sorcière, le résultat, c'est que je passe mon temps à leur gueuler dessus. Et maintenant, c'est le désert absolu dans ma vie. Les mecs me fuient et moi, je les emmerde.

Je me sens seule, papa.

Maman ne supporte plus « Pataud » non plus. Elle dit qu'il a hérité de ta gueule de chien battu et qu'il ne sert à rien, à part foutre des poils partout. C'est vrai qu'il en fout partout, mais clairement, tu aurais été là, tu lui aurais dit toi, qu'on s'en bat les steaks des poils ! Je n'aime pas quand elle te critique, papa.

Je la déteste ! Et puis je te déteste de m'avoir abandonnée.

Tu aurais pu choisir une autre femme. Il y en a des milliers ! Franchement, comment as-tu fait pour tomber sur elle. On t'a refilé les restes ou quoi !

Pataud me fait la gueule aujourd'hui. Il supporte de moins en moins que j'oublie de le nourrir. C'est vrai qu'il me fait penser à toi, je crois que c'est ses yeux et ses babines tombantes. Heureusement qu'il est là ! Il me calme et puis lui au moins, il est cool, il ne dit rien. C'est une machine à câlins.

Au fait, j'ai trouvé mon futur métier. Je veux être journaliste d'investigation. Je ne sais pas ce que tu en penses, mais je crois que ça va me plaire et ça me sortira de cette baraque. Il y a une école à Montpellier, je me mettrai en co-location et j'irai bosser en extra dans un resto le soir.

Et puis, une copine m'a dit que quelques fois les morts viennent nous parler. Il paraît que c'est possible ce genre de truc, mais j'imagine que, comme d'habitude, tu as dû louper la procédure, toi. J'aurais aimé avoir un signe de toi.

Tu me manques, papa. J'aurais voulu te dire à quel point j'ai besoin de toi.

J'espère que tu vas bien là où tu es ?

Ta princesse Épineuse

Chloé

Chapitre 5.
Dans l'inconscient

Alors que sa grand-mère disparait, Ève s'approche de Tony et lui demande de la suivre. Elle a quelque chose à lui montrer.

La jeune femme prend le temps de lui expliquer que la mort est seulement une étape, mais pas une fin en soi et qu'il va maintenant trouver le chemin de l'âme.

— Vous voulez dire que, là, tout de suite, je ne suis pas encore une âme ? Je suis quoi alors ?

— Pour le moment, vous êtes entre deux états. Vous êtes encore rattaché à la vie, à ce que vous étiez lorsque vous étiez vivant. Vous êtes toujours Tony. L'objectif est d'apprendre à incarner profondément une conscience d'âme. Pour cela, votre première étape est d'apprendre les potentialités de l'âme.

— OK, c'est pas gagné, parce que je me sens encore bien trop vivant ! Et je dois dire que c'est plutôt très agréable, dit-il en provoquant des petits pets vaporeux avec ses baskets sur les nuages.

Il savoure l'instant, pleinement immergé dans l'expérience

— Le temps passe, Tony ? dit-elle d'un ton ferme.

— Oui, je sais que le temps passe, mais cela fait à peine deux heures que je suis là. Laissez-moi me détendre un peu.

Il ne peut s'empêcher de penser qu'Ève est quand même un peu coincée. Et pourtant, cette introversion légèrement distante lui confère un charme indescriptible, presque envoûtant. Il se ressaisit vite, craignant qu'Ève ne capte ses pensées.

Dans une ultime tentative pour gagner du temps, il glisse sur le nuage comme avec son skateboard. Cette sensation lui rappelle sa jeunesse, sauf qu'à cette époque, il pesait soixante-deux kilos tout mouillé et voltigeait habilement à chaque figure de style. L'image est tout autre aujourd'hui.

Il en a passé des moments à virevolter sur sa planche de skate. Des journées sans fin et tout autant de journées à visiter les urgences pour raccommoder ses genoux, ses coudes et ses mains.

Sa mère virait au rouge quand les urgences l'appelaient pour son fils. Lorsqu'elle se pointait pour le récupérer à l'hôpital, elle surgissait en trombe dans le couloir comme si elle assistait à une scène d'horreur. Elle ouvrait la porte, souvent en pyjama, recouverte d'un manteau en peau de bête, la tête ébouriffée, et complètement enfarinée. Ses yeux écarquillés lui donnaient un air de poisson terrifié, trahissant un mélange de peur, de ras-le-bol et de colère.

Tony avait honte et ne savait alors plus où se mettre. Alors, il tentait toujours une sortie triomphante. Il disait à qui voulait bien l'entendre, d'un ton rieur, désintéressé mais complice.

— Vous voyez la dame là-bas ! C'est ma mère, la classe non ?

Il avait fini par amuser les médecins des urgences qui l'accueillaient à bras ouverts à chaque bobo. C'était un habitué des scanners en tout genre. Ce fut sa période ou sa sœur l'appelait « Robocop ». Dans chaque membre abîmé, siégeait une vis, une barre de ferraille ou un clou lui permettant de réparer un os ou deux. Tony repensait avec émotion à sa mère qu'il adorait, et à ces moments qui faisaient maintenant partie de sa vie passée.

— Vous avez eu une vie exubérante, cher Tony. Exprime Ève, avec un regard complice.

Il observe qu'elle voit les scènes de ses pensées, comme si elles les vivaient.

— Oui et vous, vous avez une curiosité de fouineuse !

Les deux se regardent en souriant. Ève rougit, Tony est heureux.

Plus loin, les nuages semblent se déformer et s'effilocher

doucement. Ils s'étirent créant une forme vaguement circulaire. Ils s'amassent autour d'un trou en adoptant une teinte nuancée de violet. À l'intérieur, c'est le vide qui prédomine. Un creux béant s'ouvre et une lumière éblouissante émane au centre de ce cercle nuageux.

— Ma-gni-fi-que ! S'écrie Tony, prêt à bondir pour découvrir ce qui se trame là-bas.

À ce moment, Ève s'arrête et le regarde dans les yeux avec un air grave. Il comprend que quelque chose d'important se prépare.

— Tony, vous avez des ressources pour transformer le futur de votre fille. Maintenant, vous allez devoir la soutenir et transformer sa destinée. Une première occasion se présente.
— Ah oui ! Et je dois faire quoi ?
— Vous avez un cœur très fort et c'est avec ce cœur que vous devez la soutenir.

Il se demande bien de quoi elle parle et se rapproche d'elle, mais au moment où il veut poser des questions, elle l'arrête et lui tend un papier.

— C'est à vous d'agir maintenant, Tony. Elle est en bas. Allez-lui parler avec votre cœur.

Tony prend la lettre et reconnaît immédiatement l'écriture de Chloé. Ses mains tremblent légèrement, et son cœur se serre dès les premiers mots. *Papa, je suis en colère. Tu m'as laissée seule avec maman... Seule avec ce monstre. Je passe mon temps à nettoyer, à chercher des poils de chien, et elle ne cesse de me rappeler que je suis comme toi.*

Il inspire profondément, le poids des mots de sa fille l'écrase. Il lit plus vite, ses yeux accrochés à chaque ligne. *Je suis seule, papa. ... Même Pataud ne me regarde plus. Tu me manques. ... J'aurais voulu te dire à quel point j'ai besoin de toi.*

Une larme roule sur sa joue.

— Je suis tellement désolé, ma princesse, murmure-t-il.

Ses mains tremblent davantage alors qu'il termine la lettre. *J'espère que là où tu es, tu vas bien.*

Tony ferme les yeux, le papier contre sa poitrine.

— Elle a besoin de moi, souffle-t-il, la voix brisée.

Ève pose doucement une main sur son épaule.

— Alors allons-y, Tony. Elle tend le bras vers le gouffre. Votre fille est là !
— Pourquoi sur cette lettre Chloé à 17 ans. C'est pas possible ?
— Le temps ne passe pas à la même vitesse ici. Je vous expliquerai, mais venez. Nous devons faire vite.

Tony se met à marcher d'un pas rapide vers le trou béant, mais elle l'arrête et le regarde droit dans les yeux.

— Je vous préviens, la Chloé que vous verrez a toujours 15 ans. Vous allez la rejoindre à l'intérieur de son inconscient, pendant un rêve.
— Comment ça, 15 ans ! Je ne comprends plus rien. C'est quoi cette lettre alors ?
— Cette lettre exprime son désarroi. Dans un espace de sa conscience, Chloé est restée coincée à 15 ans, au jour de votre décès. Depuis, elle n'avance plus vraiment. C'est pour cette raison que vous verrez sa conscience à 15 ans. Vous devez débloquer sa situation pour qu'elle reprenne son chemin.
— Mais je vais faire quoi ?

Tony s'avance près de l'abîme et découvre en contrebas un havre de paix verdoyant. Cet espace ressemble à un vaste champ fleuri, délicatement niché sur le flanc d'une colline. Au centre, se dresse un arbre majestueux et à ses pieds, Chloé est assise en tailleur, complètement repliée sur elle-même. Sa tête est enfouie entre ses genoux et ses bras enveloppent ses jambes, comme pour la protéger d'un danger pressant ou d'une souffrance indicible.

Il observe la scène depuis son emplacement en hauteur. Malgré la distance, il lui semble ressentir les sanglots étouffés de sa fille. Une multitude d'émotions le submergent : la joie de retrouver Chloé se mêle à un tourbillon de tristesse, de peur et de colère. Dans l'incertitude quant à la manière de rejoindre sa fille, il observe craintivement le vide séparant son nuage du sol. Chloé est à des centaines de mètres en contrebas et il n'a aucun moyen évident de descendre.

Derrière lui, Ève met sa main contre son dos.

— Il faut dépasser les limites de votre pensée et ne mettez pas de frein à vos potentialités ! Faites abstraction de vos émotions pour retrouver votre calme et votre paix intérieure, puis parlez-lui. Dites-lui ce qui la guérira.

— Facile à dire ! Lâche Tony. Je n'ai pas été formé pour ça. Et si j'échoue ?

— Vous n'avez pas le choix Tony ! Dit-elle sur un ton ferme.

Il sent une forte pression l'envahir, mais c'est Chloé. Il a toujours su la rassurer et quoi qu'il arrive, il doit être près d'elle.

En mettant son pied chancelant au bord du gouffre, ses poils se hérissent d'un coup.

— Vous voulez quoi, que je déploie mes ailes en sautant ? Ça va être grandiose, je vous assure ! Je me vois déjà en train de plonger dans le vide et éclater mon gros bide comme une crêpe sur le sol. Je vous le dis, ça ne va pas le faire, Ève !

Ève lui susurre à l'oreille.

— Rien ne peut vous arriver puisque vous êtes est déjà mort, Tony.

Elle s'assied au bord du nuage, ses pieds se balancent dans le gouffre comme si elle n'avait aucune conscience du danger. Elle lui propose de faire de même.

— Tony, écoutez-moi. Dit-elle, d'un ton doux.

Une fois assis, elle le met en confiance.

— Fermez les yeux et respirez profondément. Ressentez votre calme intérieur vibrer en vous. Ressentez la chaleur de votre cœur.

Il s'exécute, ferme ses yeux en essayant de retrouver son calme. Sa seule idée est de rejoindre Chloé. Elle continue à lui parler en l'installant dans un calme profond.

— Imaginez-vous là, près de votre fille à côté de cet arbre. Plongez dans cette sensation. Vivez là. Vibrez-la.

Le rythme de la voix et les mots enchanteurs de la jeune femme le plongent dans un état de transe délicieux. Il suit le souffle langoureux de ses mots, ses pensées se dissipent dans un océan de calme et de lumière, où la connexion avec sa fille s'intensifie. Il s'imagine voler et s'asseoir auprès de sa fille.

En ouvrant doucement les yeux, il observe que Chloé est à côté de lui. Il regarde plus haut et aperçoit Ève. Il pose alors ses mains sur l'herbe qui lui semble plus vraie que nature. *Quelle curieuse sensation de retrouver un sol normal*

L'instant suivant, il tourne son regard vers Chloé.

— Ma chérie, je suis là.

Chloé lève doucement sa tête, ses yeux rouges fixant les siens.

— Papa ? Sa voix est brisée, pleine d'un mélange d'espoir et de colère. Non. Tu n'es pas là. C'est encore un rêve stupide.

Il pose un doux regard sur sa fille et lui prend la main tendrement.

— Non, ma princesse. Je suis là. Je suis vraiment là.

Elle se redresse brusquement, ses émotions éclatent comme un barrage qui cède.

— Tu m'as abandonnée ! Tu savais qu'elle allait me détester, qu'elle allait me rendre la vie impossible. Pourquoi tu m'as laissée seule ?!

Tony sent son cœur se briser, mais il reste calme.

— Chloé, je n'ai jamais voulu partir. Si j'avais pu rester, je l'aurais fait. Mais regarde-toi… Tu es forte. Bien plus forte que tu ne le crois.

Elle secoue la tête, des larmes roulant sur ses joues.

— Je ne suis pas forte… Je suis perdue sans toi.

Tony enlace une main autour d'elle.

— Si tu l'es. Et tu continueras à avancer. Je suis fier de toi, ma princesse. Et même si tu ne me vois pas, je suis là. Toujours. Je veille sur toi Chloé.

Il la serre fort dans ses bras. Après ce moment de tendresse aussi long que l'éternité, elle lui sourit, prenant un instant pour l'examiner de la tête aux pieds. D'un regard malicieux, elle prend son air d'adolescente rebelle – *ces traits si emblématiques de leur relation* –.

— Franchement papa, tu as toujours ce gros nez et ses oreilles de chou ! Et ta dégaine de vieux jeune ! Tu crois pas qu'au ciel, ils auraient pu te donner un petit coup de pouce !

Les ridules de Tony se plissent accentuant ses yeux rieurs. Un sourire malicieux se dessine sur ses lèvres, et avec une touche de fausse arrogance, il répond :

— Ah, ma petite princesse épineuse, tu ne manques jamais une occasion de piquer ! Sache que je suis devenu le plus bel homme de l'Eden. Toutes les filles craquent pour moi là-haut. Je suis comme une rock star entourée de ses fans, je ne sais même plus où donner de la tête !

Les deux complices sont heureux de leur joute verbale.

Un peu plus haut, Ève s'agite. L'heure est venue.

Il se lève.

— Je dois partir, mais souviens-toi ma puce… Tu n'es jamais seule.

En l'espace d'un instant, il est éjecté à grande vitesse du gouffre et se retrouve debout à côté d'Ève.

— Non, mais c'est quoi ça ! Je n'ai même pas eu le temps de lui dire au revoir.

— Oui, mais elle vient de se réveiller. Son inconscient devient inaccessible. Dans les moments où Chloé dort et que son inconscient est disponible, nous avons une petite fenêtre de tir pour l'aider. Vous pourrez y revenir.

— Pourquoi s'est-il passé deux ans pour Chloé alors que je viens à peine de mourir ? demande-t-il avec un air interrogateur.

Ève décide alors de lui faire comprendre la notion du temps et les conséquences sur la vie de sa fille.

AURORE LARCHER

Chapitre 6.
L'École des destinées

Ève conduit Tony dans un endroit approprié afin de mieux lui expliquer la notion du temps dans l'Entre-deux.

Il marche à côté d'elle dans un espace étrange où tout semble vibrer. Devant eux s'étend une toile lumineuse, faite de fils d'énergie enchevêtrés qui scintillent et pulsent doucement, comme s'ils étaient vivants. Tony observe, fasciné, mais confus.

— Qu'est-ce que c'est ? demande-t-il.

Ève s'arrête et désigne la toile d'un geste fluide.

— C'est la trame du temps. Ici, dans l'Entre-Deux, le temps n'est pas une ligne droite. C'est une structure vivante, un tissu énergétique où chaque fil incarne un instant, une possibilité. Chaque croisement est une interaction, une décision, un souvenir.

Il s'approche, tendant une main hésitante vers les fils. Lorsqu'il touche l'un d'eux, une vision éclate dans son esprit. Il se voit lui-même, assis dans la voiture le jour de l'accident. Le souvenir est si vif qu'il recule brusquement, le souffle court.

— Vous venez de toucher un moment de votre passé, explique Ève. Ici, tout est interconnecté. Le passé, le présent, l'avenir… Ce sont des dimensions superposées, comme les couches d'un tissu. Vous pouvez les explorer, mais leur perception dépend de votre conscience.

Tony fronce les sourcils, tentant d'assimiler ces nouvelles informations.

— Alors… Si je peux toucher mon passé, je peux aussi voir l'avenir ?

Ève incline la tête.

— Oui, mais pas comme vous l'imaginez. L'avenir n'est jamais figé. Ce que vous voyez ici, ce sont des potentialités, des chemins qui existent en parallèle. Les décisions que vous prenez, même maintenant, influencent ces chemins.

Elle tend la main et fait apparaître une intersection complexe dans la trame, où plusieurs fils se croisent et s'éloignent dans différentes directions.

— Regardez ceci. Chaque fil représente une possibilité. À ce croisement, une décision prise par vous ou quelqu'un d'autre crée une divergence.

Tony observe les fils vibrants, les ramifications infinies.

— Alors… C'est comme un réseau ?

Ève sourit.

— Exactement. La mécanique quantique décrit quelque chose de similaire : des états superposés, des probabilités infinies. L'Entre-Deux est une version amplifiée de cela. Ici, votre conscience agit comme un observateur. Ce que vous choisissez de voir ou de toucher devient une réalité pour vous.

Tony reste silencieux un moment, absorbé par les implications. Puis il murmure.

— Et Chloé ? Où est-elle dans tout ça ?

Ève s'avance et montre une section particulière de la trame où les fils vibrent de manière très rapide, presque frénétiquement.

— Voici son flux temporel. Pour elle, deux ans se sont écoulés depuis votre mort. Chaque jour, chaque instant, son chemin continue de se dérouler rapidement, influencé par la vibration de la terre.

Tony fixe la section en question, son cœur serré.

— Je pensais que cela faisait quelques heures…

Ève lui touche le bras délicatement.

— Le temps dans l'Entre-Deux est plus serein. Mais pour ceux qui vivent encore, comme Chloé, le rythme est différent.

Tony inspire profondément, tentant d'assimiler cette révélation.

— Alors, si je veux l'aider… Je dois comprendre cette trame ?

Ève acquiesce.

— Oui. Comprendre, et surtout apprendre rapidement. L'Entre-Deux est une école des destinées. Cette école vous donne la possibilité d'orienter avec ces fils, mais cela demande clarté et intention. Plus votre esprit se libérera de la matière, plus vous maîtriserez cette trame. Vous pourrez alors orienter ses flux, pour elle, pour vous et pour le monde.

Tony regarde à nouveau la toile infinie devant lui. Chaque fil scintille, vibrant avec son rythme propre. Il sait que cela ne sera pas simple, mais pour Chloé, il est prêt à plonger dans cette trame complexe, à braver les accélérations temporelles.

Tony demande.

— C'est donc un super-ordinateur qui gère l'ensemble des données de l'univers ?
— Un ordinateur n'a pas de conscience, il ne laisse pas le libre-arbitre. Ici, il y a un libre-arbitre. Notre rôle est justement d'aider à ce que les choix puissent maintenir l'équilibre de la trame.

Tony croit comprendre, sans saisir totalement le concept.

Ève continue son enseignement.

— Concernant le temps, je comprends que le concept vous est compliqué mais il est aussi simple que de comprendre les mécanismes conscients et inconscients que les Humains utilisent. C'est seulement que votre raisonnement est encore limité pour accueillir cela aujourd'hui.

Un peu vexé, il répond

— Expliquez-moi plutôt comme si j'avais 5 ans. Ce sera plus simple !
— D'accord, prenez le cas d'une poule. En lui expliquant de faire tout ce que l'homme sait faire, elle trouverait cela inimaginable ! Elle serait incapable de comprendre ?
— Hum, oui, c'est sûr.
— Et pourtant, la poule a une conscience au même titre que tout le vivant.
— Effectivement, c'est bien plus concret !

Il réfléchit à ce concept farfelu de la poule. *Du coup, mon cerveau est minable au regard de l'Entre-Deux !*

— Peut-être, mais votre cœur, lui, est immense.

Ève et lui poursuivent leur chemin. Tony se sent plus investi dans ses missions et entrevoit des chemins pour soutenir Chloé.

— Vous savez que c'est complètement fou cette histoire de toile ! Sur terre, on est loin de penser comme cela ? réplique Tony. Nous, nous avons des religions, des croyances, des esprits, des médiums, des sorcières, des chamans et j'en passe. Et puis pour nous, une âme est opérationnelle directement. Allez leur dire ça ! Ce serait le bazar en bas.

Il marque une pause et lui demande.

— Alors, les médiums, les sorcières, les chamans, ils voient quoi ces gens-là ! C'est du pipeau ? S'exclame-t-il, les yeux pétillants en attente de connaissances.

Elle sourit

— Non, pour certains, c'est juste. Mais la plupart des personnes qui font des expériences de conscience ont des représentations fausses nées de leur psyché.

— La psyché, c'est quoi ?

— Des pensées inconscientes, mais cette psyché est un piège pour l'Homme.

— Vous voulez dire que cela pousse les Hommes à inventer des visions qui les rassurent ?

— Oui, c'est cela. Tant que l'être humain n'aura pas compris ses propres processus de fonctionnement et qu'il n'aura pas admis qu'il doit accueillir les images, les symboles, les signes de la conscience en se laissant imprégner par elle, il ne sera pas prêt à être en contact avec l'âme.

—

— Tony baisse la tête. Il sent bien les défaillances de l'Homme et sa volonté de toujours tout maîtriser.

—

— Mais que faut-il faire ?

— Ils doivent sortir de leur ego et se laisser emporter par la conscience universelle. Alors, la conscience leur parlera et les synchronicités viendront les aider à trouver le bon chemin.

— Et comment savoir si on est dans la psyché ou si nous sommes réellement connectés à une autre dimension ?
— Très bonne question, les personnes qui ont déjà régulé leur psyché savent très bien faire la différence. C'est un apprentissage souvent très long. L'homme doit déjà soigner ses blessures, apprendre à bien se connaitre en étant juste avec lui-même. Enfin, la pratique de l'intériorité est le socle de l'apprentissage.

Intrigué par ce concept, il se dit que cela n'est pas si idiot au regard des bouddhistes qui pratiquent cette méthode d'introspection et réussissent à se connecter à une réalité bien plus sage.

Elle prolonge son discours et le plonge d'un coup dans un paysage changeant. Le sol brumeux laisse place à une clairière, où des arbres majestueux s'élèvent, leurs feuilles vibrantes comme si elles respiraient. Des fleurs éclatantes poussent à chaque pas, tandis qu'un ruisseau serpente en silence à leurs pieds.

Tony s'arrête, déconcerté.

— Cet endroit… C'est vivant. Je veux dire, plus vivant que tout ce que j'ai connu.

Ève esquisse un sourire.

— C'est parce que vous le voyez mieux. Ici, votre nature n'est pas séparée de vous. Tout ce qui vit est une manifestation de la conscience.

Il fronce les sourcils, intrigué.

— Comment ça ? Les arbres, l'eau, ce sont juste… Des choses. Pas des pensées ou des émotions.

Elle secoue la tête doucement et pose une main sur un arbre proche. À l'instant où ses doigts touchent l'écorce, une vague lumineuse parcourt le tronc, irradiant vers les branches et jusqu'aux feuilles.

— Cet arbre n'a pas besoin de penser pour être connecté. Il est un canal. Chaque feuille, chaque racine, chaque goutte d'eau fait partie d'un réseau plus vaste, comme des neurones dans un cerveau. La conscience traverse tout cela, sans distinction.

Tony fixe l'arbre, fasciné. Il tend la main, hésitant, et touche à son tour l'écorce. Pendant un instant, une sensation étrange l'envahit : il entend le souffle du vent à travers les branches, sent les racines s'enfoncer profondément dans la terre humide. Une paix qu'il n'avait jamais connue s'installe en lui.

— Tu veux dire que… Cet arbre est conscient ? Comme nous ?

Ève retire sa main et le regarde avec patience.

— Pas comme vous. Pas avec des mots, des pensées, ou des souvenirs. Mais il ressent, il réagit, informe et comprend. Il est en équilibre avec le tout. Les arbres, les rivières, les montagnes… Ce sont les gardiens de la mémoire du monde.

Tony reste silencieux un moment, assimilant ces paroles. Puis il désigne le ruisseau qui serpente à leurs pieds.

— Et l'eau ? Elle aussi est connectée ?

Ève hoche la tête.

— L'eau est l'un des plus grands porteurs de conscience. Elle voyage, elle se transforme, elle relie tous les êtres vivants. Chaque goutte que tu vois ici a peut-être été une partie de toi un jour, ou de quelqu'un que tu aimes. Elle a traversé le monde, portant avec elle des fragments de vie.

Il regarde le ruisseau, troublé.

— Alors… La nature n'est pas juste un décor. Elle fait partie de nous ?

— Exactement. Ce que tu appelles la nature est la conscience incarnée. Elle nous soutient, nous nourrit, et nous rappelle que nous ne sommes jamais seuls. Chaque souffle de vent, chaque rayon de soleil, chaque goutte de pluie est un murmure de l'univers, un rappel que nous sommes connectés.

Tony baisse les yeux, pensif.

— Et moi qui ai passé toute ma vie à l'ignorer… À ne jamais faire attention à ces choses.

Ève pose une main apaisante sur son bras.

— Mais vous êtes là maintenant. Ce que vous avez ignoré ne disparaît pas. La conscience de la nature vous a toujours attendu. Elle vous attend encore, prête à vous aider, à vous apprendre.

Elle lui confirme que les anciennes civilisations avaient déjà observé tous ces phénomènes de la nature et développé la capacité de comprendre le vivant... Ils se connectaient à l'esprit de tout ce qui est vivant afin de prédire l'avenir.

— Comme vous le voyez, c'est en se liant de façon empathique et bienveillante au vivant que la prédiction et la transformation de l'avenir est possible.

Il relève la tête, un léger sourire naissant sur ses lèvres. Pour la première fois, il ne voit plus les arbres et le ruisseau comme des éléments séparés de lui, mais comme des parties d'un tout, un tout qu'il commence à comprendre et à aimer.

AURORE LARCHER

Chapitre 7.
Anna

Ève est inquiète.

— Le temps file, Tony !

Tony la regarde d'un air effaré.

— Tu m'étonnes ! Dans trois heures, ma fille aura 45 ans et bientôt, elle sera plus vieille que moi. Pourquoi ? Que faut-il faire maintenant ?

— Nous devons soutenir Anna.

Les bras de Tony se laissent tomber comme s'ils étaient soudainement alourdis par un poids de plomb, tandis que son visage se transforme en une œuvre d'art sombre et abstraite.

— Quoi ? Mais pourquoi moi ? Cette femme m'a menée une vie d'enfer, je ne vais pas la soutenir en plus !

— Elle a besoin de vous et pas pour sortir les poubelles cette fois !

— Hors de question. J'ai passé ma vie à être sous ses ordres, ce n'est pas pour venir la soutenir quand je suis mort. Je vous signale que cette femme n'a besoin de personne. Elle s'en sort parfaitement bien toute seule.

Un nouveau gouffre s'ouvre devant ses pieds. Blême, Tony regarde Ève, droit dans les yeux et retourne les talons. Il part en bougonnant

— Je n'irai pas. Point final.

Le gouffre se replace instantanément devant lui. Tony le fixe, surpris par cette arrivée soudaine. Il perçoit un abîme noir bordé par des flammes rugissantes. Des cris étouffés lui parviennent, des appels désespérés qu'il reconnaît immédiatement. Anna.

Il recule d'un pas, la mâchoire serrée.

— Non. Je ne peux pas faire ça. Elle m'a toujours méprisé, toujours détruit. Pourquoi je devrais l'aider ? Sa voix tremble, un mélange de colère et de désespoir.

— Ce n'est pas à moi de la sauver.

Ève, immobile à ses côtés, le regarde avec une sérénité implacable.

— Tony, ce n'est pas pour elle que vous faites cela. C'est pour vous. C'est pour Chloé.

Tony éclate.

— Arrêtez avec ça ! Je lui ai tout donné, et elle n'a fait que me piétiner. Et maintenant, vous voulez que je… Que je plonge dans ce gouffre pour elle ? Elle ne le mérite pas !

Ève reste impassible, mais sa voix se fait plus discrète, presque un murmure.

— Peut-être. Mais le pardon n'est pas une question de mérite. Vous l'aidez, non parce qu'elle le mérite, mais parce que vous, vous avez besoin de vous libérer.

Tony détourne le regard, ses poings serrés. Les flammes dans le gouffre vacillent, et à travers la fumée, il distingue une silhouette recroquevillée. Anna. Mais elle n'est pas seule. Une autre voix s'élève, plus faible, chargée de douleur.

— Anna… Ma fille… Pardonne-moi.

Tony plisse les yeux, incapable de croire ce qu'il voit. Une femme plus âgée, frêle, se tient devant Anna.

Martha. Sa mère. Ses traits sont tirés par la culpabilité, son regard embué de larmes. Elle tend la main vers Anna, qui secoue la tête, refusant de la regarder.

— Anna ? Reprend Martha, sa voix tremblante. Je sais que je t'ai fait du mal. Je n'ai pas su être là pour toi. J'ai laissé mes propres blessures te blesser. Je te demande pardon.

Anna recule, les flammes autour d'elle s'intensifiant, comme si elles réagissaient à son refus.

— Non ! Crie-t-elle, sa voix brisée par la colère. Tu m'as abandonnée, tu m'as détruite. Tu n'as pas le droit de revenir maintenant et de demander pardon !

Tony observe, figé. Une partie de lui veut tourner les talons, fuir cette scène chaotique, mais une autre le retient. En voyant cette scène, il sent quelque chose évoluer en lui, un poids se déplacer. Il regarde Ève, cherchant une réponse.

Elle incline légèrement la tête, ses yeux brillants d'une lumière douce.

— Vous voyez, Tony ? Ce n'est pas seulement Anna qui est prisonnière. Vous l'êtes aussi. Tant que vous portez cette colère en vous, elle vous retient, tout comme elle retient Anna.

Il inspire profondément, la gorge nouée. Il avance, hésitant. Chaque pas semble alourdi par des années de rancune et de douleur. Il plonge dans le gouffre et se pose près d'Anna. Il lui tend la main, sa voix brisée, mais ferme.

— Anna !… Regarde-moi. Ce n'est pas pour toi que je suis là. C'est pour Chloé. C'est pour nous. Tu n'es pas seule.

Elle lève enfin les yeux vers lui. Pendant un instant, il revoit la femme qu'il a aimée autrefois, avant les conflits, avant les blessures. Ses traits, illuminés par les flammes, sont déformés par la peur et la colère. Mais dans son regard, il perçoit une lueur de vulnérabilité.

— Martha s'approche lentement, ses propres larmes coulant librement. Anna, je t'en supplie. Pardonne-moi. Laisse-moi réparer ce que j'ai brisé.

Les flammes vacillent, hésitent. Anna regarde tour à tour Tony et Martha, ses lèvres tremblant sous l'émotion.

— Je… Je ne sais pas comment faire.

Tony serre un peu plus fort sa main tendue.

— Tu n'as pas à le faire seule. Mais tu dois lâcher tout ça, Anna. La colère, la douleur… Laisse-les partir.

Elle hésite, puis tend la main vers lui. Lorsqu'elle effleure ses doigts, une lumière éclatante jaillit, envahissant la clairière. Les flammes s'éteignent dans un souffle, remplacées par une chaleur douce. L'air devient plus clair, plus léger. Martha tombe à genoux, serrant Anna dans ses bras, murmurant des mots de réconfort et d'amour.

Tony recule, ses mains tremblantes. Une lumière douce brille autour de lui, comme si un poids invisible avait quitté ses épaules. Il se retourne vers Ève, qui le regarde, en haut, avec un sourire serein.

Anna observe alors autour d'elle. La forêt reprend des couleurs verdoyantes, les oiseaux reviennent, les animaux reprennent leurs places dans une danse vibrante et féerique.

Anna est apaisée. Au loin, vers les hauteurs, elle observe une boule lumineuse qui irradie fortement et s'éloigne.

Tony se retourne et vient se déposer délicatement au bord du gouffre à côté d'Ève. Sa lumière s'estompe pour ne briller qu'autour de son cœur.

Il ouvre les yeux, regarde dans le gouffre et n'y voit que beauté et lumière.

— Que s'est-il passé ? S'exclame-t-il.
— Vous avez pardonné. Le calme est revenu. Anna est sauvée. Vous voyez ? Le pardon n'est pas seulement un cadeau pour ceux que vous sauvez. C'est un cadeau pour vous-même.

Le gouffre se referme laissant place à un nuage clair, lisse et légèrement brumeux.

Ève explique

— Souvent, les êtres humains pensent que les rêves sont insignifiants. Pour nous, c'est une porte d'entrée pour accompagner les vivants et apaiser leur souffrance quand cela est nécessaire.
— Si j'avais su cela avant. Je me serais vivement intéressé à mes rêves.
— D'autant que les humains ont la possibilité de demander à voir et à comprendre à travers leurs rêves. Ils ne le font pas, c'est dommage. Cela nous aiderait beaucoup.
— Voulez-vous dire que nous pouvons communiquer avec vous par les rêves ?

— Tout à fait. Le rêve est un lieu de rencontre. C'est un apprentissage subtil pour l'homme, mais il faut qu'il comprenne le mécanisme pour se rappeler de ses rêves et communiquer avec nous.

Elle regarde Tony avec une lueur affective plus aiguisée.

Il sourit, malgré la gêne qui l'envahit. Pour masquer son embarras, il adopte une attitude légèrement malicieuse.

— Waouh ! Je sens dans votre regard que vous êtes en train de me déclarer votre flamme, Ève ! Dit-il, le ton espiègle, comme s'il cherchait à transformer l'intensité du moment en une légèreté désinvolte.

Cette attitude éveille en lui un esprit badin. Il revêt alors son masque de plaisantin charmeur, se parant d'une moue théâtrale.

Avec un geste ludique, il se désigne de haut en bas, accentuant ses propos avec une dose d'ironie. Il se dandine

— Mais enfin ! Je le sais bien. Vous êtes charmée par mes petites formes dodues ! S'exclame-t-il en riant, son éclat de rire résonnant dans l'air et dissipant toute gêne.

Cependant, lorsque Tony croise le regard gêné d'Ève, il réalise qu'il doit changer de ton.

— C'est une blague Ève. Ne le prenez pas mal ! Dit-il, en se penchant doucement vers elle avec les yeux brillants. Je sais que je suis laid comme un pou ! Ajoute-t-il, d'un ton amical, cherchant à alléger l'atmosphère et à dissiper toute tension.

Il remarque qu'Ève, la main devant les lèvres, s'efforce de réprimer un sourire avant de retrouver son expression angélique.

— Vous savez, vous êtes bien plus charmant qu'un pou. Ne vous sous-estimez pas ! Dit-elle avec un éclat scintillant dans les yeux.
— Merci ! Rétorque-t-il en feignant l'innocente surprise. Je prends le compliment chère Madame.

Tony n'a pas eu réellement conscience de son déplacement aérien, cependant quelque part au fond de lui, il sait qu'il a vécu un instant exceptionnel. Il sent que la paix s'est déposée dans son cœur.

Il ne connaît pas la suite de tout cela, mais il sait que chacune de ses actions va pouvoir aider Chloé. Le reste n'a aucune importance.

Ève reprend,

— Tony, allons-y maintenant, nous allons voir si vous avez été à la hauteur. Je l'espère.

Chapitre 8.
Conseil des dieux

Tony avance à travers le paysage brumeux, suivant Ève qui marche devant lui avec une sérénité presque irritante. Le sol sous ses pieds semble changer à chaque pas : parfois dur comme du marbre, parfois mou comme du sable. À l'horizon, une lueur dorée scintille, attirant son regard, malgré lui.

— Vous pourriez au moins me dire ce que nous allons faire, lance-t-il, essayant de masquer son malaise avec un ton sarcastique. J'espère qu'on ne marche pas vers ma condamnation éternelle, parce que ce décor de purgatoire commence à me donner des frissons.

Ève ne se retourne pas, mais répond calmement.

— Vous êtes plus près de la vérité que vous ne le pensez. Le nouveau lieu où nous allons reflète votre propre esprit. Ce que vous ressentez, ce que vous redoutez, tout cela se manifeste ici.

Tony secoue la tête, un rictus amer sur le visage.

— Mon esprit ? Vous voulez dire que tout ce bazar, c'est tout moi ? Génial. Je devrais peut-être consulter.

En attendant d'arriver dans ce nouveau décor, elle lui montre les étoiles.

— Voyez ces étoiles là-bas ? Certaines meurent. Mais seront toutes remplacées. C'est comme dans le corps humain, les particules ont pour rôle d'exercer leurs missions et lorsqu'une cellule meurt, elles sont naturellement remplacées par une particule naissante qui va jouer son rôle. C'est la loi de l'univers ! Tout est comme cela.

— Vous voulez dire que vous n'avez aucune empathie pour la vie ?

— Disons, que votre pensée est valable dans une réflexion d'être humain, mais nous percevons la vie avec un autre regard, car tout évolue et tout se transforme. Il n'y a que des petites morts. Regardez, vous êtes mort ? Et pourtant, vous êtes là.

Elle poursuit en levant ses mains pour les faire danser.

— Imaginez que l'univers soit un orchestre. Chaque planète, chaque être humain, chaque particule élémentaire jouent sa note unique. Ensemble, ils créent une harmonie. Lorsque l'un d'eux s'égare, l'équilibre est rompu. Notre rôle est de réintégrer l'équilibre. C'est beau non ?

— Oui, c'est pas mal, faut-il encore avoir appris à jouer de la musique !

Tony porte un grand intérêt aux apprentissages de cette femme fascinante. Plus il la regarde, plus il ressent un lien intime entre lui et elle, une attache inexplicable entre eux, un sentiment qui va bien au-delà de l'admiration. Il observe cette sensation en lui, mais tente de la maintenir loin de son esprit afin qu'Ève ne se rende pas compte de ses observations.

Il demande alors à Eve ce qu'est la conscience universelle.

— Cela me ravit que vous posiez cette question. Chaque particule est conscience universelle, peu importe qu'elle soit dans un corps ou ailleurs, elle est conscience, elle appartient au Tout. La mort n'existe pas pour la conscience, elle n'existe que pour la matière.

Tony s'enivre des explications. Elles sont toujours différentes de ce qu'il a entendu sur terre et pourtant d'une simplicité et d'une logique implacable.

— J'aime parler avec vous. À vrai dire, c'est assez simple, ce regard que vous portez de la vie. L'esprit humain est trop tordu et ne peut entendre ça. Et vous Ève, qui êtes-vous ? Une sorte de guide ?

Elle le fixe d'un regard enchanté, plein de mystère.

Vous pouvez m'appeler comme cela, mais je suis une

conscience. En cela, je suis une part de vous. Je ne suis que la représentation que vous souhaitez que je sois, Tony. C'est vous qui me définissez.
— Tout cela serait donc vraiment une invention de ma part ! Mais vous existez, je peux vous toucher. Je ne comprends pas !
— J'existe pour vous accompagner. Souhaitez-vous que je vous montre ce que je suis vraiment.

Il n'est pas vraiment sûr de vouloir savoir, mais il se résigne par curiosité. D'un coup, elle disparaît. Il entend une voix lui dire. *Je suis là Tony. Ici !* Il se retourne et observe chaque recoin de l'étendue nuageuse. Personne.

Tony recule légèrement, décontenancé par l'idée qu'Ève n'a pas de corps, pas de réalité physique. Pourtant, une étrange chaleur l'envahit, comme si sa présence était plus réelle que tout ce qu'il avait connu dans sa vie terrestre.
— Arrêtez votre blague, Ève !
— Je suis 'conscience'. Je n'ai pas de forme. Pas de matière.
— Bon, revenez. C'est pas drôle. Ça me gêne de parler dans le vide.

Elle réapparaît.
— C'est pour cette raison que la matérialisation est importante pour vous les Humains. Vous avez besoin de matière pour vous rassurer.
— Oui, c'est vrai.
— C'est exactement pareil pour les humains qui voyagent dans la conscience universelle. Ces personnes ont besoin de matérialiser les dieux, les objets, les planètes, les extraterrestres… Un bouddhiste verra Bouddha alors qu'un chrétien verra Jésus. Cela permet aux humains d'être rassurés de ce qu'il se passe et de les réconforter.

Tony est stupéfié par ces propos.
— C'est de plus en plus impressionnant ! Vous n'êtes donc rien !
— Je dirai plutôt, je suis tout.
— Mais qu'est-ce que je fais ici, avec vous ?

— Vous apprenez. Vous êtes dans une école des destinées, et je suis là pour vous accompagner et vous rassurer.

Tony sourit

— Heureusement que vous êtes plus séduisante que Bouddha !

Tony n'a jamais eu peur des aventures et des défis, préférant profiter de la vie sans se poser trop de questions. Dans cette nouvelle étape de son voyage dans la mort, il se sent en paix et prêt. Son attitude détendue et courageuse lui permet d'accueillir cette transition avec calme et acceptation.

Ève lui propose d'avancer, un autre programme les attend.

Après quelques minutes de marche, il ne peut s'empêcher de penser que s'il ne voit que des nuages dans son Entre-deux, c'est parce qu'il ne se pose pas de question sur la vie après la mort. Les nuages sont donc suffisants pour lui.

— C'est bien cela. Répond Ève.

Elle s'arrête alors et désigne une grande porte dorée à deux battants qui apparaît devant eux. Les gravures délicates qui la recouvrent semblent vibrer, comme si elles respiraient.

La porte mesure dix mètres de haut. Elle est ornée de deux personnages, une femme et un homme. On les associerait aisément à des Dieux grecs.

Sur la porte de gauche, le visage représente une divinité féminine.

— Ah, là je connais bien. Il s'agit de la Déesse Héra, Déesse de l'Olympe, également femme de Zeus. Et voilà Zeus qui trône en pied sur la porte de droite. Génial !

Lorsqu'il était jeune, Tony se passionnait pour les mythes et les légendes. Il rêvait de ces dieux, de leurs aventures atypiques et symboliques. La lecture de la mythologie lui permettait d'entrer dans un univers où il se sentait vivre à travers les dieux de l'Olympe. Il est ravi d'observer qu'au ciel, les dieux de son enfance trônent fièrement. *Bah oui, normal, c'est moi qui ai créé mon entre-deux* -

Cette magnifique porte finement platinée est disposée au milieu de deux majestueuses colonnes. On pourrait aisément assimiler cette devanture à un ancien temple d'architecture grec.

Cependant, mis à part la porte et les deux colonnes qui l'entourent, rien d'autre n'existe.

Ils arrivent devant l'entrée, quand, au loin, un bruit de pattes cavaleuses se fait entendre. Ils se retournent rapidement et dans un nuage de poussière clair, apparaît un petit animal se rapprochant d'eux à toute vitesse. L'image est d'abord assez floue.

— Ouaf, ouaf !
— Pataud ? S'étonne Tony. Paaaataud ! Viens là, mon chien. Comme je suis heureux de te voir mon ami. Tony est ravi de cette visite impromptue.

Les deux complices se font des tonnes de léchouilles.

Il scrute Ève d'un air affligé.

— Il est mort, c'est ça ?
— Oui…Répond-elle. Pataud a donné son dernier souffle à 16 ans.
— 16 ans ? Mais alors, Chloé à 21 ans ?
— Oui, elle a bien changé et c'est une magnifique jeune femme. Vous aurez l'occasion de la voir.
— Avant qu'elle ne soit mamie, j'espère ? dit-il, pendant qu'il se fait lécher le visage par son chien.

Après quelques minutes de retrouvailles baveuses, la porte s'ouvre devant nos compagnons. Ils entrent tous les trois et se retrouvent en face d'une assemblée de douze dieux grecs. Tony en reconnaît quelques-uns.

Il semble vraiment tranquille. Pour lui, cette scène provient totalement d'une invention de son esprit.

Il regarde Ève.

— Eh ben ! Une assemblée de Dieux ! Je suis trop fort.

Il montre du doigt les dieux et déesses qu'il a repérés.

— Alors, vous avez, le grand Zeus qui siège au milieu. Lui, c'est clairement un homme à femmes ! Eh, ben. Il a pris un sacré coup de vieux. Ça doit être le poids des responsabilités. Il les porte dans son bide, comme moi !

Tony rit de bon cœur et poursuit en prenant son grand air de conférencier.

— Bon, ensuite nous avons sa femme, la déesse mère Héra, une peste ou plutôt, une jalouse invétérée ! Franchement pas sympa. Alors là, c'est Poséidon, le dieu de la mer qui siège sur un nuage ; franchement, c'est comique. Un peu plus loin Athéna, la déesse de la sagesse et Aphrodite, la Déesse de l'amour, les petits canons de la mythologie. Ah ! Et puis celui-là, vous le voyez, c'est Hermès mon préféré, le messager des dieux. Derrière, il y a Dionysos, le dieu de la fête. Ah, je l'aime bien aussi celui-là. Les autres, je ne les connais pas.

Ève le regarde avec froideur.

Les dieux trônent fièrement. Ils discutent entre eux comme si personne ne s'était présenté devant leur assemblée.

— Voyez, je fais toujours cet effet-là, Ève. C'est mon côté agent secret. Jamais personne ne me remarque et je n'existe pour personne ! Dit-il en souriant.

Pataud regarde son maître en prenant un air dépité, comme s'il comprenait sa pensée, mais qu'il n'était pas d'accord avec lui.

Ève, d'un ton sec

— Taisez-vous !

Interloqué, Tony reste figé.

Elle se redresse et s'exclame d'une voix haute et forte.

— Notre compagnon est prêt pour son passage au grade supérieur !

Au grade supérieur ? Qu'est-ce que c'est que ça, encore ! Pense-t-il.

— Qu'il me soit présenté à l'orient ! Ordonne Zeus d'une voix grave et rauque.

Ève demande à Tony de s'avancer. Il fait quelques pas et Pataud le suit, la queue entre les pattes.

Elle explique aux dieux tout ce que Tony a vécu dans l'Entre-Deux, la manière dont il s'est comporté pendant ses épreuves et l'ouverture de cœur dont il a fait preuve vis-à-vis de sa femme. Elle défend son protégé.

— L'apprenti a réussi à mettre en œuvre son pouvoir de création pour sauver sa femme et sa fille, il a utilisé sa bienveillance et son empathie pour soutenir l'évolution de la vie ! Son rayonnement était hors du commun.

Elle poursuit en précisant.

— Certes, je vous l'accorde, c'est un personnage un peu atypique, voire singulier. Son humour peut choquer, mais cela reste épisodique et ne retire en rien à la vibration de son cœur. L'âme s'en trouve allégée.

Tony se tourne vers Ève, les yeux écarquillés.

— Atypique ! Singulier ! Choqué ! Mais vous voulez dire quoi par-là ?

La jeune femme lui écrase le pied en le forçant à se taire.

— On ne joue pas ! C'est un conseil des dieux. Votre sort est entre leurs mains.

— Ah bon ?! S'exclame Tony, dépité et honteux.

Il se sent comme liquéfié. Son éloquence tombe comme une pyramide de cartes s'effondrant au sol. *Comment ça, ce n'est pas une invention de ma part ?* pense-t-il.

Pataud et lui se tourne vers l'assemblée. Tels des fautifs pris en flagrant délit de vol de croquettes, le duo d'apprentis regardent les dieux, la tête basse et les yeux tombants. Ils attendent la sentence.

Les dieux s'affairent un moment et finissent par statuer. Zeus prend une voix grave et effrayante.

« Porte 972 ! J'ai dit. »

Il frappe sa foudre par terre et ajoute

— La porte 972 n'est pas un cadeau, Tony. C'est une épreuve. Je ne sais pas si vous survivrez à ce que vous y trouverez ? C'est le chemin que vous avez choisi.

Ève est déçue.

— Tony. Allons-y !

Tony observe Ève et s'inquiète.

— Mais il raconte quoi le Zeus ? C'est lui qui impose cette foutue porte. J'ai rien choisi moi ?

En un éclair foudroyant, le conseil des dieux disparaît laissant s'ordonnancer des centaines de portes octogonales numérotées. Les portes viennent s'ajuster les unes contre les autres et les unes sur les autres, formant un mur monumental ressemblant à un gigantesque nid d'abeilles. Le tout semblant s'étendre jusqu'à la voûte céleste.

Tony reste figé, ses yeux écarquillés.

— C'est quoi ça encore ? Un jeu télévisé divin ? Je suis censé choisir celle qui mène au paradis ?

Ève, à ses côtés, semble différente. Sa posture est plus rigide, son visage plus grave.

— Non. Vous n'avez pas à choisir. Vous savez déjà quelle porte est la vôtre.

Elle désigne une porte spécifique : 972.

Contrairement aux autres, son contour brille d'une lumière vacillante, comme si elle l'attendait. Tony déglutit, le poids de l'instant s'abattant sur lui.

— Et qu'est-ce que je suis censé trouver là-dedans ? demande-t-il, la voix tremblante.

Ève le fixe avec une intensité qu'il n'a jamais vue auparavant.

— La rencontre de l'invisible.

Avant qu'il ne puisse répondre, un bruit sourd retentit, et la lumière autour de la porte s'intensifie. Pataud, son fidèle compagnon, pousse un aboiement inquiet et recule légèrement. Tony serre les poings. Pour la première fois depuis son arrivée dans l'Entre-Deux, il sent la peur véritable s'insinuer en lui.

— Allez-y, Tony.

La voix d'Ève est douce mais ferme.

— Vous serez prêt.

Chapitre 9.
La porte 972

Ève, Tony et Pataud se trouvent au seuil de la porte 972 qui reste close.

Ève regarde Tony avec une tendresse très inhabituelle. Une douceur qui l'attendrit et le rend malléable comme une pâte à modeler.

— Tony, dans l'Entre-deux, certaines actions sont de votre responsabilité, mais les évolutions qui sont choisies par le grand maître du lieu sont des obligations. Vous devez vous soumettre à ses choix. Il le fait pour vous permettre de grandir, car il considère qu'il vous reste encore du chemin à parcourir.

— Mais enfin, quel chemin ! Je vous rappelle que je suis mort. Le seul chemin à prendre est celui du Paradis, il me semble.

Il prend une constance un peu plus ferme

— D'ailleurs, au passage, je pensais que mourir serait bien plus simple que ça.

— Mourir est simple. Mais vous savez, le parcours après la mort peut être bien plus compliqué. C'est pour rassurer les humains que le paradis est devenu la voie officielle. Le paradis, tel que vous le dites existe, mais peu de personnes y ont accès directement. La plupart des personnes ont du chemin après la mort pour y accéder.

Ève poursuit.

— Cependant, en ce qui vous concerne, vous avez une grande chance d'évoluer ici.

— Je ne peux pas vraiment évaluer ma chance. Il n'y a personne d'autre que vous et moi ici, et ce bon vieux Pataud.

Elle prend un air solennel.

— L'Entre-deux est une opportunité de faire croître le monde et vous avez été choisi pour cela. Les grands-maîtres ont décidé de vous transmettre un autre apprentissage afin d'effectuer la mission qu'ils ont pour vous. Vous devez être à la hauteur et nous comptons sur vous.

Tony est médusé.

— Sur moi ? Comment ça… Compter sur moi ! Vous m'avez bien regardé ? Je suis un pauvre gars qui a toujours galéré. Je ne sais rien faire à part réparer des motos et faire rire la galerie. Je ne vois pas en quoi ils peuvent compter sur moi. Et puis vous plaisantez quand vous dites : faire croître le monde ? Vous vous êtes trompée. Je ne suis pas la bonne personne. Je suis vraiment désolé.

Il baisse la tête en se disant que cette lourde erreur qu'ils ont commise en le choisissant va sans doute lui coûter un petit voyage dans les bas-fonds de l'Entre-deux. Mais la réponse va le rassurer.

— Vous êtes la bonne personne, mais vous n'êtes pas prêt. Ne vous dévalorisez pas. Vous savez, ici, les valeurs ne sont pas les mêmes. Ce qui compte, c'est votre rayonnement. C'est le moment maintenant ! Je dois partir.

Elle pose sa main délicatement sur son bras pour le rassurer et lui murmure timidement

— Vous verrez, vous serez bien accompagné ici !

Tony est désarçonné, mais avant qu'il ne puisse dire quoi que ce soit pour la retenir, Ève disparaît en poussière d'étoiles.

La porte 972 vibre doucement, émettant une lumière dorée qui danse sur le sol autour d'elle. Un grondement sourd monte dans l'air, comme si l'univers retenait son souffle. Lorsque la porte s'ouvre enfin, un souffle chaud et chargé d'électricité envahit l'espace, forçant Tony à plisser les yeux.

Un énorme molosse bodybuildé de 1m92 s'approche de lui et se penche pour l'accueillir.

Sa voix grave et puissante emplit l'espace de son timbre riche et résonnant. L'homme, à une silhouette athlétique et des traits métissés qui témoignent d'origines diverses. Il affiche un sourire confiant. Tony et Pataud se regardent, les yeux soucieux. Leur effervescence vient d'atterrir au sol, tels des schtroumpfs devant Gargamel.

— Bonjour Tony. Je suis Georges.

Tony sent alors que la porte 972 sera le refuge de ses premiers regrets : avoir déçu et perdu la charmante Ève.

Quant à Pataud, il se demande s'il a bien fait de rejoindre son maître.

Une fois que les deux profanes réussissent à emmener tous les morceaux d'eux-mêmes loin de la porte d'entrée, celle-ci se ferme et disparaît. Reste devant eux un grand champ d'herbes fraîches à perte de vue.

Les babines de pataud se relèvent, le chien est content. Il est dans un terrain de jeu.

Quant à Tony, il chuchote maladroitement vers son chien.

— Pataud, on n'a pas gagné au change.

Mais le gaillard poilu ne l'entend pas de cette oreille et commence déjà à renifler avec ferveur le sol. Il lève une patte hésitante avant de la poser dans l'herbe fraîche. Son museau palpite d'excitation, et il jappe doucement, comme pour encourager Tony.

— Tu as raison, mon vieux, murmure Tony. On est dans un drôle de pétrin, mais au moins, on est ensemble.
— Ne vous inquiétez pas ! Sors le costaud d'en face. Vous ne craignez rien avec moi. Rugit-il d'une voix vigoureuse.

En réceptionnant les mots de Georges, Tony se rend compte que le molosse vient de lire dans sa tête.

Il rassemble ses esprits et tente une pirouette pour taper une petite discussion.

— Bonjour Georges, que fait-on ici ? C'est bien plus frais que le monde d'Ève.

Georges lui propose de marcher un peu pour lui présenter les lieux. Tony se met alors à côté de lui et s'aperçoit que le molosse est encore plus grand qu'il ne l'imaginait. Il est obligé de tordre sa tête vers le haut pour le regarder. Georges s'exprime avec une tonalité grave mais tranquille.

— Tu es dans un nouvel espace d'apprentissage dans lequel tu vas devoir aider les Hommes à prendre les bons chemins. Ici, tu seras amené à redescendre sur terre pour effectuer certaines missions.

Finalement, malgré sa stature intimidante, il semble être plutôt sympathique. Ses entrejambes trop musclés lui confèrent une démarche malhabile qui le rend bien plus agréable. Il n'en reste pas moins que Tony se sent légèrement diminué à côté du bonhomme.

Georges reprend, sa voix rauque tranchant avec l'atmosphère légère.

— Au 972, nous envoyons des signes aux humains pour les accompagner, mais ils ne sont pas très réceptifs, ces abrutis, contrairement aux autres espèces. Ils sont prisonniers de leur esprit, ne voient rien et ne ressentent rien. L'objectif est de leur faire comprendre comment avancer dans leur vie pour aller vers la meilleure voie pour eux. OK ?

— Ah ! Je vois. Réponds Tony, ignorant partiellement de quoi il parle. Et, comment vous faites ça ?

— Eh Bien, mon petit, tu vas apprendre maintenant.

À ce moment, Tony et Pataud sont pris dans un tourbillon qui les propulse directement sur terre.

Le tourbillon s'intensifie, emportant Tony et Pataud dans une spirale de lumière et d'ombres. Tourbillonnant dans tous les sens, il entend la voix de Georges résonner dans sa tête.

— Ce n'est que le début, Tony. Prépare-toi à affronter l'inattendu.

Chapitre 10.
Le cœur des Hommes

Une lumière aveuglante les entoure, et soudain, Tony et Pataud se retrouvent projetés dans une petite pièce encombrée. L'air est chargé d'un parfum d'encens, et des piles de livres poussiéreux côtoient des cristaux multicolores qui brillent faiblement. Pataud grogne légèrement, s'approchant prudemment d'une table ronde recouverte d'un tissu violet et de bougies dorées. Au centre, une boule de cristal scintille, reflétant des éclats étranges sur les murs sombres.

Tony secoue la tête, essayant de s'adapter à ce nouvel environnement.

— On est où encore ? Un décor de film de série B ? murmure-t-il, mais sa voix s'étrangle lorsqu'il tourne la tête et aperçoit une silhouette familière.

Chloé. Elle est là, assise en face d'une vieille femme. Ses traits tendus par une tristesse qu'il connaît trop bien. Elle fixe la boule de cristal, ses mains serrées sur ses genoux, comme si elle attendait une réponse à une question qu'elle n'a jamais osé poser.

Près du bureau, c'est une voyante qui s'affaire

— Votre père aime le bateau ? Il me dit qu'il est sur un bateau.

Chloé est assise en face de la voyante qu'elle a choisie pour éclairer son avenir. Elle regarde la femme avec surprise.

— Non, mon père déteste la mer, il ne sait pas nager et est phobique de l'eau. Alors, à moins qu'il ne se soit passionné pour les activités nautiques là-haut, je ne vois pas du tout de quoi vous parlez !

Pendant qu'Olga, la voyante, se concentre de nouveau, Tony tente désespérément de communiquer avec elle.

— Punaise ! Elle ne comprend rien celle-là. Je n'y crois pas. Ce n'est pas un bateau, non ! Je suis avec Pataud, mon chien. Ce n'est pas compliqué... PA-TAUD !
— Il parle de... Pataud ? Non... Plutôt d'un pâté ?
— C'est pas possible ! PA-TAUD ! C'est simple !

Tony est exaspéré, tandis que Chloé, intriguée, se penche vers la vieille dame.

— Pataud est mon ancien chien !

Tony est heureux d'avoir communiqué. Il reprend son énergie et cherche quelque chose à transmettre que Chloé pourrait reconnaître.

Pendant ce temps, la voyante demande à Chloé si elle a des questions ou des choses à dire à son père.

Chloé réfléchit et se lance.

— Oui, je voulais lui parler de maman. Elle est très malade. Je ne peux pas m'occuper d'elle, car je dois partir dans un autre pays pour travailler pendant trois ans. J'ai besoin que mon père prenne soin d'elle de là-haut. Il l'aimait tellement et ma mère est seule. Avec son caractère de cochon, elle n'a pas d'amis. J'ai vraiment besoin qu'il la protège, car je ne serai pas là. Je sais que c'est le seul qui pourra la soutenir. Même de là-haut et je sens que c'est possible.

Tony est dubitatif face à cette demande. Olga marque une pause.

— Votre père semble surpris, je ne sais pas pourquoi.

Tony est abasourdi. *C'est ça ta demande, Chloé ? C'est nul !*

Chloé est fière de sa petite ruse. Elle ouvre grand les yeux, sourit et s'exclame.

— Alors, vu sa réaction, c'est certain, vous êtes bien avec mon père !

La voyante reste muette devant Chloé.

Tony reconnaît bien l'esprit tordu de sa progéniture. Il se rapproche d'elle et lui susurre.

— Coucou ma princesse épineuse. Tu as tellement grandi. Je suis heureux de te voir.

Il tente de lui poser la main sur l'épaule, mais comme au cinéma, sa main traverse le corps de sa fille.

Chloé se retourne brusquement, comme si elle avait entendu un murmure.

— Papa ?

Il tend sa main avec douceur, son cœur débordant d'émotions. Ses doigts traversent délicatement le visage de sa fille. Il arrive à ressentir la chaleur douce de sa vibration. Chloé se retourne face à Olga et reste pensive.

Pendant un instant, un calme magique envahit la pièce.

— Georges ? demande Tony. Pourquoi, c'est comme dans les films ?

Georges répond.

— Elle ne t'a pas appris ça, Ève ? Tu es mort, donc tu n'as aucune prise sur la matière. Communique avec ton cœur.
— Plus de matière… Oui, c'est vrai !
— Oui. Et, figure-toi que certains scénaristes sont venus nous voir avant d'écrire leurs scénariis. Ils savaient déjà ! C'est drôle non, dit Georges avec emphase.

Tony écoute, mais il reste absorbé par la prise de conscience de son état. Il s'observe et se demande pourquoi il continue à voir son corps comme s'il était vivant. Il se sent à la fois matière tout en étant dématérialisé.

La jeune Chloé a maintenant 23 ans. Elle vient de terminer son école de journalisme avec brio. Sa mère Anna, l'à aidée à réussir ses études et à trouver un nouvel équilibre et aujourd'hui, Chloé travaille dans un service de presse local de son département.

Bien qu'elle ait réussi à gérer sa vie, la mort de son père est encore parfois difficile, mais elle a suffisamment de ressources pour faire bonne mine.

Depuis deux ans, Chloé a rencontré un jeune homme dont elle n'est pas vraiment amoureuse, mais qui semble lui convenir. Il est brillant et gentil. Il gagne bien sa vie et vient de lui demander d'arrêter de travailler pour fonder une famille. Pour lui, c'est un cadeau qu'il croit offrir à Chloé. Pour Chloé, c'est un mur emballé de papier cadeau. Elle devrait être heureuse, mais elle ne sait plus vraiment où elle en est. Elle se sent perdue et c'est dans ces moments qu'elle aurait aimé le soutien bienveillant de son père.

Elle a fait appel à cette voyante un peu en désespoir de cause, afin de trouver, peut-être, un nouvel éclairage à sa vie.

Sans attendre, Chloé demande à Olga

— Si mon père est là, j'aimerais savoir ce qu'il pense de ma situation !

Chloé pose volontairement des questions ouvertes. Si c'est vraiment lui qui répond, elle va reconnaître son style.

Tony s'affaire devant Olga en lui expliquant que fonder une famille n'est pas une solution pour Chloé qui est une jeune fille qui a toujours voulu bouger et voyager et se surpasser. C'est une pile électrique qui ne tient pas en place.

Olga répond.

— Votre père parle de fils électriques. Euh, attendez ! Il parle de piles électriques ! Je suis désolée, ce n'est vraiment pas clair, je ne comprends pas très bien.

Mais sérieusement, elle est bête ou quoi. C'est quoi cette voyante à deux balles ! pense Tony déshéspéré.

Olga ajoute, après un instant de concentration.

— Il vous dit de bouger.

À ces mots, Chloé sent qu'une vérité vient de traverser son corps. Elle regarde autour d'elle, scrute les murs et se demande si son père est dans la pièce. Une émotion l'envahit comme si elle savait qu'il était présent.

— Chloé, je suis là… Chloé ! S'exclame Tony.

Olga lui dit que son père parle d'épines et qu'elle ne sait pas ce que cela signifie.

Chloé est émue, des larmes perle sur sa joue.

Elle se met à parler à son père avec une grande force intérieure. Tony ne l'entend pas, mais une vague d'amour le traverse. Il ressent chaque brin de tendresse et d'affection et s'enivre de cette sensation.

Pataud ressent également des sensations d'amour, il s'approche alors de Chloé et veut la lécher affectueusement. Sans succès. La situation l'amuse et il se met à bouger autour de Chloé. Il la traverse et tente de lui sauter dessus.

Chloé se retourne vers Olga et lui dit.

— Vous ne sentez pas cette odeur ? Ça sent... Le chien. Mon chien Pataud !

Tony observe la situation et se demande comment lui faire comprendre tout ce dont elle est capable ? Il ferme les yeux, laissant chacune de ses réponses voyager vers Chloé.

Alors que Chloé fixe un carnet sur le bureau d'Olga, une page se tourne mystérieusement, révélant un mot écrit en grosses lettres : *« Être toujours en mouvement »*. Chloé fronce les sourcils, se souvenant d'un conseil que Tony lui donnait toujours : *« Ne reste pas en immobile ma grande, les réponses sont toujours dans le mouvement. »*

Au moment où Tony se rapproche de Chloé avec un grand sourire de victoire, nos deux compères des cieux sont rappelés auprès de Georges.

Ils se retrouvent au-dessus du tourbillon à observer la salle de la voyante, dont les contours disparaissent peu à peu. Le gouffre se referme.

Tony est surpris par la rapidité avec laquelle ils ont été retirés de la présence de sa fille. Il est terriblement déçu.

— C'est tout ?
— Oui. Le job est fait.
— Mais attend Georges ! Je n'ai pas fini de discuter avec ma fille. Pourquoi tu m'as retiré ? Tu aurais pu me laisser plus de temps avec elle !
— Tu crois que les timings sont contrôlés ? Quand l'opportunité de retour arrive, elle doit être utilisée. C'est comme ça.

Tony regarde l'endroit du vortex, mais il ne reste plus qu'une étendue d'herbe.

Georges ajoute.

— Je comprends que tu sois déçu, mais c'est comme ça. Sinon, tu as vu comment Chloé a réagi ? C'est seulement quand elle a baissé sa garde que tu as pu la toucher.

— Oui. Donc, pour communiquer, il faut juste que je sois… Un magicien du cœur ?

— Oui. Tu dois réapprendre à vibrer avec ton cœur.

L'esprit de Tony est encore en ébullition après sa rencontre avec Chloé. Les dernières paroles de Georges résonnent dans sa tête, tout comme la sensation d'avoir enfin ressenti l'amour pur de sa fille. Mais ce n'était pas assez. Il voulait plus, il voulait lui parler, lui répondre, l'aider pleinement.

Georges, les bras croisés, sourit en coin, percevant l'agitation intérieure de Tony.

— Tu sais, gamin, il faut parfois accepter de ne pas tout contrôler. Tu as fait plus que tu ne crois. Elle t'a senti, elle sait que tu es là, quelque part. C'est un premier pas.

Tony serre les poings, un mélange de frustration et de résignation dans le regard.

— Alors, quoi ? C'est tout ?

— Je te signale que grâce à ça, Chloé va poursuivre dans sa carrière de journaliste et c'était l'objectif. Tu as réussi.

— Et donc ? Je reste ici, à attendre qu'une autre occasion tombe du ciel ?

Georges éclate de rire, un son grave et chaleureux qui emplit l'espace.

— Bien sûr que non ! Tu viens juste de commencer à comprendre les règles du jeu des âmes sur terre. Mais pour l'instant, repose-toi. Ton rôle auprès de Chloé n'est pas terminé, et elle aura bientôt besoin de toi plus que jamais.

— Mais c'est quoi tout ça ? C'est quoi l'objectif ?

— L'objectif est que tu sois formé le plus vite possible pour que le monde tourne rond et que Chloé vive.

— Chloé ?

— Ne pose pas plus de question. Concentre-toi surtout sur tes apprentissages.

Le silence lourd s'installe, avant que Georges ne rompe l'atmosphère.

— Allez, viens. Je te prépare pour ta prochaine mission. Ce sera un autre défi, un autre être humain à guider. Et cette fois, crois-moi, tu vas devoir sortir le grand jeu.

Tony lève un sourcil.

— Ça veut dire quoi, le 'grand jeu' avec toi ? Plus de sarcasmes et d'humiliations ?

Georges pose une main massive dans son dos, un éclat malicieux dans les yeux.

— Oh, tu verras bien. Mais une chose est sûre, Tony. Tu n'es pas prêt et tu as encore des choses à apprendre et il faut faire vite.

Ils s'éloignent doucement de l'endroit où sa fille n'est plus. Pataud, fidèle à ses côtés, trottine joyeusement, prêt à suivre son maître dans une nouvelle aventure.

AURORE LARCHER

Chapitre 11.
Nicolas

— Alors Tony ! Prêt pour une nouvelle expérience ? demande Georges en claquant son poing dans sa main, comme s'il allait en découdre avec un malfrat. Ici, c'est non-stop ! Comme à l'armée. Ajoute-t-il en gloussant, tout fier.

Cet endroit n'est décidément pas fidèle à l'image que notre nouvel arrivant a de la mort. Jamais il n'aurait imaginé que la mort pourrait être un lieu d'apprentissage, il ne pensait pas non plus y rencontrer un molosse aussi tordu. Mais il en est autrement. *Dire que la mort est une aventure, un prolongement d'apprentissage, un début d'une autre vie…* se dit-il.

Il regarde autour de lui et observe Pataud sentir les herbes au milieu de ce Jardin d'Eden. – *Et même les chiens ont le droit à une suite après la mort, c'est fou tout ça !* - Tony est surpris, il ne s'était jamais posé la question de l'après-mort des animaux.

Georges, à l'écoute des pensées de Tony, lui répond.

— Ah, eh bien ça, tu vois, c'est bien un truc d'humain ! Vous êtes tellement autocentrés, que vous n'imaginez même pas que les animaux ou les plantes puissent avoir une vie après la mort. Pour rappel de tes apprentissages, sur terre, tout le vivant a une conscience, même un petit acarien !

Georges s'arrête devant un oiseau qui est posé sur un arbre. Il tends la main.

— Cet oiseau m'entend, Tony. Pas comme toi, mais à sa manière. Regarde.

Une vibration subtile, presque imperceptible, atteint ses oreilles. Il fronce les sourcils.

— C'est le vent ?

Georges secoue la tête.

— Non, c'est mon échange avec l'oiseau. Chaque chose vivante a un langage vibratoire, mais les humains, ne le perçoivent plus.

L'oiseau vient alors se poser sur le doigt de Georges comme s'il avait entendu l'appel. Georges le caresse affectueusement et le laisse repartir.

Il fixe Tony, l'air mystérieux, comme s'il allait lui révéler un secret bien gardé.

— Écoute bien, ici, il n'y a pas de hiérarchie dans le règne du vivant. Nous, on s'occupe surtout des Humains, parce qu'il faut bien avouer qu'ils foutent une sacrée pagaille et réussissent à tout détruire avec une aisance déconcertante !

Georges avance et son corps musclé se meut au ralenti. Son imposante stature empêche toute rapidité et le rend lent et inoffensif. Il dégage un charisme d'ours en peluche géant - bien que clairement, ce ne soit pas l'effet recherché. Cet état n'a cependant pas l'air de le perturber.

— Bon, passons aux choses sérieuses, Tony. On te propose d'aller aider un ami à toi. Nicolas, tu connais ?

— Nico, mais bien sûr que je le connais ! C'est mon meilleur pote. Génial, ça va me faire plaisir de le revoir !

Georges poursuit :

— Bon, alors l'idée est qu'il accepte de bosser pour une entreprise gouvernementale. C'est important pour son évolution. Mais je te le dis clairement, ce n'est pas gagné, parce qu'il n'en a pas du tout envie. En revanche, il faut qu'il signe ce contrat.

Georges, lui fait un clin d'œil. Tony trouve ce geste bien trop familier à son goût, mais il est partant pour cette nouvelle expérience. Il trouve ça plutôt sympa de faire des petites virées terrestres pour voir son pote.

Nicolas a aujourd'hui 52 ans. Divorcé, il est père de deux grands enfants, Théo et Léa.

Au-delà de sa passion pour la mécanique moto, c'est un homme qui a toujours travaillé dans la sécurité. Il y a 20 ans, il avait monté sa propre entreprise et s'était spécialisé dans la sécurisation des grands événements.

Malgré toute son énergie à développer sa société, la vie devenant de plus en plus difficile, Nicolas a pris la décision de mettre la clé sous la porte. C'est donc le moral au plus bas, qu'il tente aujourd'hui de rebondir en cherchant un nouveau travail.

Il y a deux semaines, il avait répondu à une annonce de Responsable sécurité au sein d'une entreprise au service du ministère des armées.

Tony, du haut de son espace de verdure observe un gouffre s'ouvrir à ses pieds. Il a encore cette sensation curieuse que tout va s'écrouler et qu'il va mourir en tombant.

En bas du gouffre, se trouvent un bureau et un grand couloir où son ami patiente.

— Allez, tu peux y aller ! impose Georges.

Tony regarde Georges et, un peu inquiet, il lui rétorque.

— Je ne suis pas encore habitué à descendre comme ça, Georges. Tu crois que c'est facile toi ? Je ne sais pas voler, moi ?

Georges rigole.

— Punaise, mais tu as appris quoi avec Ève, à tricoter des chaussettes ?

Il se reprend et lui dit.

— Le pouvoir de création, ça te parle ?
— Faut pas exagérer, je viens à peine d'arriver. On n'est pas à la minute.
— Tic-tac ! Et hop, Chloé à 59 ans ! Relance Georges en riant.

Tony envoie un regard exaspéré en direction de Georges.

— Ça va, c'est bon ! J'y vais.

Finalement, le ton de Georges pousse Tony dans ses

retranchements. Blessé dans sa fierté, ce dernier se redresse et, loin de se laisser abattre, sa volonté de prouver sa valeur se renforce.

Il devient déterminé à montrer qu'au-delà de son air simple et naturel, il cache un être intelligent, prêt à démontrer qu'il est bien plus qu'un visage de façade. Il ferme les yeux et en l'espace d'un instant, il se retrouve projeté devant son ami.

Il ouvre les yeux, rassuré. Il est en bas, dans un grand couloir avec son ami. Il regarde instinctivement son corps et observe qu'il n'est pas blessé.

Nicolas est en face de lui, assis sur une chaise, vêtu d'un jean, de baskets blanches et d'un tee-shirt Nike. C'est un garçon plutôt fin, avec quelques rides bien placées qui témoignent d'une vie pleine d'histoire. Ses cheveux grisonnants ajoutent une touche de charme à son allure.

Mais aujourd'hui, il semble que son charme ait décidé de faire grève, laissant place à une humeur morose et à un air distrait qui ne laisse présager rien de bien engageant. Il se demande vraiment ce qu'il fait dans ces lieux. Il observe tous ces hommes qui ont, visiblement, été directement taillés dans le même costume.

Pendant ce temps, la secrétaire fixe ses baskets avec une insistance dérangeante. La vieille femme, dont l'expression ne laisse guère place à l'amabilité, semble avoir décroché le titre de Miss Acariâtre. Ses sourcils froncés et ses lèvres pincées trahissent une appréciation tout à fait discutable de la mode moderne, tandis qu'elle semble se demander avec mépris si ce monsieur en basket a réellement sa place dans ce couloir.

Tony ressent toutes les émotions de Nicolas, il observe son mal-être et son envie de partir.

— Oh là là, le coup de vieux mon gros ! Tu t'es laissé aller grave toi ! Regarde-toi, mon vieux Nico… Où est passé le gars plein d'énergie et de rêves ? J'aurais dû être là, te secouer, te rappeler qui tu es.

Son ami, n'entend rien.

— Nico ! Nico ! S'il te plaît, écoute-moi. Prends ce job. Il est fait pour toi.

Tony, a beau s'agiter devant Nicolas, faire de grands gestes et s'agiter devant lui, cela ne change rien à son état. Son ami reste de marbre.

Dans sa frénésie spectrale, Tony ne se laisse pas abattre. Il continue de s'agiter comme un fantôme en pleine quête d'attention, tentant désespérément de bouger quelque chose, de crier, de toucher son ami. Mais ses gestes traversent les objets avec toute la grâce d'une apparition empotée. C'est comme s'il s'agitait seul dans un bocal, tandis que Nicolas reste là, aussi immobile qu'une pierre tombale, observant le sol avec un mélange d'ennui et de consternation.

C'est clair, notre fantôme va devoir trouver une autre stratégie.

— Georges, je fais quoi ? Aide-moi !

Georges, le regard de haut et lui dit.

— Eh ! Tu n'es pas dans une association d'aide aux victimes ici ! Débrouille-toi !

Ce chaleureux message de Georges le crispe. - *Mais quel con !* -.

— Tony, un peu de respect ! rétorque instantanément Georges avec un air détaché.

À cet instant, Nicolas vient d'être appelé par le Responsable des Ressources Humaines. Il s'avance vers le bureau, la tête basse et l'allure démotivée. C'est en traînant des pieds, qu'il vient s'installer sur une chaise en face du responsable.

Comment faire, puisque Tony n'a aucune prise sur rien. Il a tenté le coup du cœur, mais rien de se passe. Il se sent démuni. Il se dit que si Ève était là, elle saurait l'aider. *Ève, pitié, revenez ! Je suis dans la mouise ici...* - Implore-t-il.

Après un moment de supplication désespérée, C'est Georges qui apparaît soudain à côté de Nicolas.

— Vous m'avez appelé, Tony ?

Dans toute son immobilité, il se tourne vers lui. Surpris par sa présence. Notre fantôme est profondément déçu.

— J'ai pas demandé Georges, il me semble.
— Ben, c'est Georges, répond-il d'une voix rieuse.
— Bref.

En montrant la tête abattue de Nicolas, Tony exaspéré dit.

— Regarde sa tête ! Il n'y arrivera jamais ! On a l'impression qu'il se présente à l'enterrement de son père. Comment faire ? Je n'ai pouvoir sur rien ici !

Georges observe la pièce tranquillement et lui dit.

— Tu peux te faire aider par les éléments ? L'air, le feu, l'eau et la terre et tout ce qui vit ici, aussi. C'est ce qui te permettra d'attirer l'attention de Nicolas.

Tony écoute d'une oreille distraite, l'agacement au bord des lèvres.

— D'accord, facile à dire, mais je fais comment ? Encore cette histoire de cœur ? Ça marche pas ici.
— Parce que tu veux tout contrôler, Tony. C'est des restes de ta vie humaine.
— Ben, désolé, mais je ne sais pas comment faire et ça me saoule.

Tony est agacé de devoir tout apprendre par lui-même. Il a l'impression que son molosse d'instructeur se fiche royalement de lui.

Pendant leur échange, la pièce semble s'être mise en arrêt sur image. Nicolas et le recruteur sont au ralenti. Ils sont figés, le temps que Georges finisse son instruction.

— Pour demander de l'aide à la nature, il lui leur demander. C'est aussi simple que ça.
— Ben voyons

Georges regarde ses ongles et dit d'un air totalement détaché.

— Tu fermes les yeux. Tu orientes ton cœur vers Nicolas. Tu y mets de la bienveillance et de l'amour. Et tu demandes le soutien de la nature et des éléments. Considère aussi qu'il est embauché afin de montrer aux éléments l'objectif final.

Tony est agacé par l'attitude de Georges et regrette la bienveillance d'Eve, mais il décide d'expédier cette mission au plus vite.

Il ferme les yeux, laissant derrière lui toute agitation et

désespoir. Il se concentre, plongeant au cœur de l'être de Nicolas, essayant de ressentir ce qu'il ressent. Il s'efforce de devenir une extension de son ami, mettant toute sa bienveillance en œuvre pour le guider vers un avenir radieux. Il invoque alors le soutien de la nature.

À cet instant, une sensation subtile l'envahit, comme un doux murmure de promesse. Il perçoit que tout est déjà réalisé. À mesure qu'il se connecte à la sagesse silencieuse de son cœur, il ressent la force émergente, la lueur qui scintille comme une étoile dans une nuit sombre. L'univers lui-même conspire à apporter ses réponses.

À ce moment précis, une lumière vive et douce sort du cœur de Tony. Au fur et à mesure qu'il s'apaise, la lumière se déploie et irradie le bureau. Elle devient intense. C'est toute la pièce qui vibre et baigne dans cette lumière divine.

Alors, la fenêtre qui était seulement entrebâillée, s'ouvre d'un seul coup frappant avec force contre une bibliothèque posée à sa gauche. Un vent inhabituel s'engouffre dans la pièce.

Un cadre de photo tombe à terre derrière le bureau du recruteur. Ce dernier se retourne pour le ramasser et le reposer sur l'étagère.

— Désolé, reprenons ! Dit-il à Nicolas en allant fermer la fenêtre.

Nicolas jette un œil sur la photo. Dans le cadre, on y voit le recruteur sur une Harley-Davidson entouré de ses amis et de sa famille. En observant attentivement la photo et avec un sourire, ne peut s'empêcher de lui dire

— Passionné de Harley, n'est-ce pas ?

Le recruteur se retourne vers la photo comme pour revisiter un beau souvenir et répond d'un air complice.

— Oui, une grande passion que j'exerce toujours, mais avec moins de temps ! Malheureusement.

Nicolas s'éclaire alors et s'exclame.

— Je suis également motard et passionné de Harley.

Tony regarde la scène se mettre en place les yeux écarquillés et examine les deux protagonistes s'adonner à une nouvelle discussion autour de la bécane. Les visages se dérident, la complicité se crée, la passion jaillit dans l'échange comme un filtre pétillant.

— Bravo, mon pote.

Le cœur de Tony recouvre sa lumière. La pièce devient plus embrumée au fur et à mesure qu'il s'éloigne doucement vers le haut du gouffre.

— Ouaip ! Impressionnant ! S'esclaffe Georges.
— Ce n'est pas grâce à toi ! Répond Tony vindicatif.
— Tu as réussi. Moi qui pensais que tu aurais mis du temps. Ton cœur connait la voie instinctivement !
— Instinctivement ?
— Oui, d'autres s'y seraient repris à plusieurs fois. Toi, c'est l'instantané. Tu es prédisposé mon gars !
— Prédisposé ?
— C'est inné chez toi. Ève avait raison. Tu es fait pour cette mission. J'y crois maintenant.
— Comment ça ?

Georges est pressé.

— Oui, allez, tu as encore du boulot mon petit ! Viens, dépêche-toi ?

Chapitre 12.
Accouchement

Quelques années de vie plus tôt.

— Mais qu'est-ce qu'il fout encore, cet abruti ?

Anna hurle d'une voix aussi stridente qu'une alarme. Ses contractions sont insupportables comme si on lui arrachait les entrailles. Elle s'est rendue à l'hôpital seule, en voiture, chaque contraction la faisant rugir de douleurs.

Tony, lui, profite du moment avec ses potes dans le parc. Entre deux éclats de rires, il dévale avec zèle les rampes d'escaliers sur son skate. La musique à fond sur sa grosse JBL. Il bondit et s'élance sur toutes les inclinaisons qu'il trouve. Il vit sa meilleure vie.

À quelques kilomètres de là, dans le bâtiment de l'hôpital, un son aigu traverse tout le couloir du deuxième étage.

L'infirmière tente de calmer Anna, mais ses nerfs sont à vif.

— Punaise ! Appelez mon mari et dites-lui de rappliquer son gros postérieur ici ! J'en peux plus… Ah ! Ah ! Je vais mourir ! Donnez-moi un truc, n'importe quoi : de la morphine, un joint, je ne sais pas…Mais faites un truc, dit-elle, les joues rouges et les yeux exorbités.

Tony continue de skater, inconscient de l'urgence. Il a oublié son téléphone dans sa voiture.

Les heures passent. A mesure que les contractions s'amplifient, Anna se transforme.. La beauté a disparu de son corps, ses cheveux sont ébouriffés, son visage rouge dégouline de sueur et devient difforme à chaque hurlement. Aucune décence n'appartient plus à ce corps. Anna ne retient rien, ni ses cris, ni sa douleur.

Pendant ce temps, le Samu arrive aux portes des urgences. Un brancard sort du camion.
Tony est allongé sur la civière, un sourire géné aux lèvres. Il a voulu sauter un rail en skate… Maivaise idée. Une performance éclatante qui digne des plus belles vidéos virales !
— Votre nom et prénom Monsieur ?
— Tony Dubois
Dans le même temps, une infirmière passe à côté du brancard. Ayant vaguement entendu le nom du nouvel arrivant aux urgences, elle se retourne d'un coup.
— Monsieur Dubois ? Êtes-vous Tony Dubois ? Le mari d'Anna Dubois ?
— Oui. Répond-il, avec le sourire.
— Ah, ben, vous tombez bien ! Votre femme est à la maternité, elle est en train d'accoucher. Nous n'arrivions pas à vous joindre.
— Voyez, je tombe toujours bien ! Répond Tony, avec un sourire pour masquer sa douleur.

Il se tourne alors vers les brancardiers qu'il connaît bien, - Vu le nombre de séjours qu'il a passé aux urgences de cet hôpital - Et d'un ton complice, leur précise.
— Si ma femme m'attend les gars, il vaut mieux que vous trouviez un moyen pour que je me retrouve vite fait dans sa chambre. Sinon, ce n'est pas aux urgences que vous allez me retrouver, mais à la morgue !

L'ambulancier rit de bon cœur et acquiesce. Il prévient l'infirmière.

— Ce n'est pas trop grave cependant, il a le dos abîmé, et un tibia probablement fracturé. On ne peut pas vraiment le bouger pour le moment. Il a fait une grosse chute, mais il est plutôt costaud. Avec des antidouleurs, cela peut attendre quelques heures pour la radio.

Après une discussion entre le brancardier du Samu et l'infirmière, ils décident de le mettre sur un brancard et de l'amener voir sa femme en Maternité.
— Vous avez de la chance, les urgences sont blindées ! On vous amène auprès de votre femme.

Tony est conduit auprès d'Anna sur sa nouvelle civière. En entrant dans la chambre, Anna le regarde, médusée.
— Tu rigoles, j'espère ! Qu'est-ce qu'il t'arrive encore ? Elle se tord de douleur et crie. Punaise ! Je vais accoucher et tu trouves le moyen de te ramener sur un brancard ?

Elle poursuit, voix basse, entretenant son discours de propos injurieux. Tony peut ressentir de la tristesse et de la douleur dans sa voix.

Il est installé par l'infirmière à côté d'elle. Il attendra que l'orage passe, un peu honteux d'avoir délaissé sa femme. Quant à Anna, elle ne posera aucune question sur l'état de santé de son mari.

Encore une fois, le jeune skateur a réussi à se mettre dans une situation délicate. Il ne sait pas pourquoi, ni comment, mais il est obligé de constater que la vie, ou peut-être les choix qu'il fait dans sa vie, ne lui permettent pas le plus souvent de se retrouver dans des situations sereines.

C'est vrai qu'à une autre époque, il avait dû faire un choix entre deux femmes. D'un côté, il y avait Anna, une séductrice au charme irrésistible, roulée comme une voiture de sport, mais avec une psychologie aussi fragile qu'un château de cartes dans un ouragan. Anna était toujours prête pour de nouvelles aventures et son sex-appeal indéniable, séduisait Tony.

Et de l'autre, il y avait Clarisse, l'incarnation de la perfection. Jeune diplômée et jolie femme, elle venait d'emménager dans un appartement, qu'elle entretenait avec soin. Calme et organisée, elle était le genre de femme qui vous faisait penser à la stabilité. Un vrai dilemme : l'adrénaline ou la tranquillité ?

Anna avait insisté un peu plus en déployant ses atouts de charme. Tony s'était laissé amadouer par le chant de la sirène. Bien qu'il fût plus amoureux de Clarisse, Tony avait privilégié Anna. Lui-même ne sait pas pourquoi. Le physique et le besoin d'aventures avaient fini par l'emporter sur le cœur.

Derrière cette décision, il y avait un grand manque de confiance en lui. Clarisse aurait été sans doute trop bien pour lui. Aurait-il été à la hauteur ?

C'était ainsi. Mais durant toute leur histoire de couple, Anna avait toujours ressenti le manque d'amour de Tony, malgré le fait que ce dernier s'était, au fur et à mesure, attaché à la fragilité d'Anna.

Il y a 7 mois et 12 jours, elle lui avait annoncé qu'elle était enceinte et qu'elle tenait à garder l'enfant. À ce moment-là, le couple était au bord de la rupture. Anna avait précipité le destin ne laissant à Tony aucune échappatoire. Il avait donc accepté son sort, ainsi que le paquet cadeau qui l'accompagnait.

Allongé sur son brancard, Tony, d'ordinaire jovial, commence à ressentir une culpabilité grandissante face à l'attitude d'Anna. Il regarde sa femme.
— Tu es un ouragan dans ma vie, Anna, mais ce que tu m'offres aujourd'hui est la chose la plus précieuse au monde.
Anna, épuisée mais souriante, attrape la main de Tony.
— Tu as intérêt à assurer maintenant.
Tony rit doucement, même s'il sent une boule dans sa gorge.
— Oui, Chef.

À ce moment-là, l'infirmière intervient pour expliquer au couple qu'Anna doit se rendre en salle d'accouchement. Tony, ne pouvant pas la suivre dans son état, accepte son sort avec un soulagement retenu et reste tranquillement dans la chambre.

Une heure après seulement, l'infirmière entre dans la chambre pour lui porter son enfant.
— Votre femme se repose, voici votre magnifique petite Chloé.

Tony, le sourire aux lèvres prend le minuscule petit être dans ses bras, son cœur déborde d'émotion. Il fixe avec tendresse l'ange que l'infirmière vient de déposer contre lui. Dans ce moment de grâce, la douleur qui habite son corps s'évapore, comme si chaque souffrance s'éclipsait face à l'innocence de cette vie.

Chloé, bouge à peine, ses mouvements subtils accentuent sa fragilité. Soudain, elle ouvre lentement ses petits yeux, et dans un léger battement de cils, elle semble percevoir la présence de son papa.

Le temps s'arrête alors. Tony croise le regard de Chloé. Dans cet instant de magie, son corps vibre, comme s'il fusionnait avec elle.

Chloé ressent l'amour inconditionnel de son papa qui va se nicher délicatement dans son petit cœur battant.
Tony serre Chloé contre lui, sentant pour la première fois le poids d'une responsabilité qu'il ne veut plus fuir.

— Bienvenue, ma Chloé. Je n'ai aucune idée de comment on va s'en sortir, mais on y arrivera. Ensemble.
Les yeux dans les yeux, les deux êtres le savent, ils ont maintenant un destin lié à jamais.

Une force tranquille, nommée Ève, se tient présente dans la chambre d'hôpital. Invisible aux humains, elle assiste, à l'unification de ce lien divin.

Elle avait tout organisé pour que Tony arrive à temps. La chute, l'hôpital, le brancard… Tout était prévu. Parce qu'elle savait qu'il devait tenir Chloé dans ses bras, ce jour-là, pour que leur lien se scelle à jamais.

Chapitre 13.
Les elements

Tony traîne des pieds en suivant Georges. Autour d'eux, les paysages de l'Entre-Deux changent subtilement, les couleurs oscillent entre la nature brute et des couleurs plus éclatantes, presque irréelles. Pataud trottine joyeusement à leurs côtés, comme si tout cela n'était qu'un simple jeu.

— Tu peux ralentir un peu, le colosse ? lance Tony, légèrement éssoufié. Tout le monde n'a pas ta carrure d'armoire normande.

— Georges s'arrête net et se retourne, bras croisés. Son regard perçant, se teinte d'une lueur amusée.

— Tony, tu râles tout le temps, mais avances quand même. Tu sais pourquoi ?

Tony hausse les épaules, l'air agacé.

— Parce que j'ai pas trop le choix, en fait !

Georges rit, un son grave qui résonne comme un roulement de tonnerre.

— Non. Parce que tu sais, au fond, que tu es capable de plus que tu ne le crois.

Le sarcasme de Tony s'éfface. Il baisse les yeux, fixant le sol ondulant sous ses pieds.

— Franchement, Georges, je suis pas sûr de ton truc. Tu me balances des missions comme si j'étais un héros, mais tu sais quoi ? J'étais loin d'être un modèle de mon vivant. Pourquoi moi ?

Georges s'approche, posant une main lourde mais rassurante sur l'épaule de Tony.

— Parce que les héros, c'est surfait. Ce qu'il faut, ce sont des gens vrais, capables de reconnaître leurs erreurs et de grandir. Toi, tu fais ça à chaque pas, même si tu ne t'en rends pas compte.

Tony relève la tête, scrutant Georges, à l'affût d'une blague. Mais non, il est sérieux. Pour la première fois depuis leur rencontre, Tony peut sentir un poids se lever de sa poitrine. *Tiens, Georges peut faire des compliments sincères,* pense-t-il.

— Tu sais, c'est rare que tu sois aussi cool dit-il finalement, brisant le moment. C'est presque louche.

Georges éclate de rire.

— Profite, ça n'arrive pas souvent. Mais souviens-toi, petit malin : tu n'es pas seul. Même dans l'Entre-Deux, tu as des alliés et j'en fais partie.

Les deux compères poursuivent leur marche, Pataud gambadant joyeusement devant eux. Pour la première fois, depuis longtemps, Tony se sent un peu plus tranquille. Peut-être que Georges a raison. Peut-être qu'il est plus qu'un râleur.

Un peu plus loin, Georges s'arrête au bord d'un ruisseau scintillant. Il se penche, laissant ses doigts effleurer la surface de l'eau. Tony, les bras croisés, observe en silence, l'air dubitatif.

— Tu comptes pêcher ou tu veux faire un pique-nique près de l'eau ? lance Tony.

Georges leva les yeux vers lui, un sourire en coin.

— Les éléments ne sont pas juste des forces naturelles, Tony. Ce sont des ponts. Des ponts entre toi et tout ce qui t'entoure. Si tu apprends à les écouter, ils t'aideront à révéler ce que tu as en toi.

Il lève la main, et dans un mouvement précis, fait apparaître un mince tourbillon d'eau devant eux. Les reflets oscillent doucement sous la lumière.

— Regarde l'eau. Elle porte les émotions. Elle apaise, elle équilibre, mais elle peut aussi déborder et dévaster.

Tony fronce les sourcils, visiblement intrigué.

— Et là, tu fais quoi exactement ?

Georges sourit légèrement.
— Je demande à l'eau de libérer la colère.
Il plisse les yeux.
— Libérer la colère ? Tu veux dire qu'elle est... En colère ?

Georges secoue doucement la tête.
— Pas en colère elle-même. Mais elle absorbe les vibrations autour d'elle. Nos peurs, nos frustrations. Elle les garde, jusqu'à ce qu'elle trouve un moyen de les relâcher. C'est ça, l'équilibre. Si elle ne le fait pas, elle finit par exploser, comme une tempête ou un raz-de-marée.

Puis Georges tend son bras devant lui, paume ouverte, comme s'il effleurait une présence invisible.
— Et l'air... L'air est le grand messager. Il transporte nos mots, nos pensées, nos intentions. C'est grâce à lui que tu peux transmettre ce que tu ressens. Regarde ce qui s'est passé avec Nicolas.

Tony détourne un peu les yeux, gêné.
— Je n'ai rien fait de spécial... J'ai juste mis mon cœur dans ce que je faisais. Le reste, c'est arrivé tout seul. C'était... hors de mon contrôle.

Georges le fixe avec un regard bienveillant.
— Pas hors de ton contrôle, Tony. Hors de ta tête, peut-être, mais pas de ton cœur. Les éléments t'ont entendu parce que tu as envoyé une intention claire. Les Aztèques disaient que l'air portait les messages des dieux. Eux, ils ne cherchaient pas à comprendre. Ils ressentaient.

Tony reste silencieux un instant, réfléchissant.
— Je commence à comprendre...

Georges esquisse un sourire.
— Alors, essaie. Tends ton bras. Ressens l'air autour de toi. Qu'est-ce qu'il te dit ?

Tony hésite, mais finit par obéir. Il ferme les yeux et se concentre.

— Je… Je ne sens rien. Juste du vent.
— Relâche-toi. Tu n'as rien à chercher. Dis simplement ce que tu ressens.

Tony inspire profondément, et ses traits se détendent.

— Il dit qu'il… Qu'il me ressent.

Le sourire de Georges s'élargit.

Exact. L'air te ressent, et il diffuse ce que tu es. Plus loin que tu ne peux l'imaginer. Continue.

Tony ferme à nouveau les yeux, se laissant porter par ses sensations.

— Je ressens… Du calme. Des chants d'oiseaux. Et… l'odeur du blé.
— C'est ça. L'air est un vecteur. Il porte en lui les souvenirs, les émotions, les énergies de tout ce qu'il traverse. Il est le souffle de vie qui connecte tout ce qui vit.

Tony rouvre les yeux, un peu troublé.

— Et je fais quoi avec ça ?
— Tu peux utiliser l'air pour comprendre ce qui t'entoure, pour apaiser ou amplifier une vibration positive.

Georges ouvre alors ses mains, et une sphère de feu apparaît, tournoyant doucement au-dessus de sa paume. Sa lumière est vive, presque hypnotisante.

— Le feu… murmure-t-il. Le feu est passion, destruction, transformation. Il brûle tout, alimenté par la haine, la colère, la vengeance. Tu l'as vu avec Anna, non ?
— Oui… Je l'ai vu.
— Et tu as vu aussi que l'air alimente le feu. Quand une vibration de colère s'élève, l'air l'attise. Mais toi, tu peux inonder cette vibration de paix. Tu peux calmer le feu, Tony.

La sphère de feu s'éteint doucement, et Georges s'agenouille au sol. Il pose une main sur la terre, laissant ses doigts s'enfoncer légèrement dans le sol vibrant.

— La terre… Gaïa. Elle est la source de tout. La mère qui crée, nourrit, et régénère. Les anciens la percevaient comme une entité vivante, un lien sacré entre tout ce qui existe. Leur vision était juste. Mais aujourd'hui, nous avons perdu cet équilibre. La Terre est déséquilibrée, et ses éléments en portent les traces.

Georges fixe l'horizon, où les couleurs semblent s'intensifier. Un murmure de vent lointain porte une mélodie presque imperceptible.

— Sens-tu cela, Tony ?

Tony pose une main hésitante sur le sol.

— Je suis censé sentir quoi ?

Georges sourit doucement.

— Gaïa. Pas une idée ou un mythe. Une présence. Elle respire dans chaque feuille, chaque goutte d'eau, chaque souffle de vent. Elle chante, mais seulement pour ceux qui écoutent.

Une brise légère se lève, apportant avec elle le parfum de la terre humide et des fleurs sauvages. Tony ferme les yeux, laissant ces sensations le traverser. Pour la première fois, il sent vraiment ce que Georges essaie de lui transmettre.

Georges observe Tony un moment, puis, d'un geste, il trace un cercle imaginaire autour d'eux. L'air semble s'intensifier, vibrant doucement.

— Maintenant, que tu sens chaque élément, tu dois comprendre une chose essentielle : ils ne fonctionnent jamais seuls. Ils sont reliés, comme les maillons d'une chaîne. Ce que l'un fait, les autres le ressentent.

— Mais… Comment ? Ils sont tous si différents. L'eau, l'air, le feu, la terre… Je ne vois pas comment ils se connectent.

Georges sourit, ramassant une poignée de terre qu'il laisse glisser entre ses doigts.

— La terre est la fondation. Elle soutient tout. Mais elle a besoin d'eau pour rester fertile, d'air pour respirer, et de feu pour se transformer. Sans l'un des éléments, elle dépérit.

Il tend sa main vers l'eau, qui commence à tourbillonner doucement à ses pieds.

— L'eau donne la vie, apaise et purifie. Mais seule, elle stagne. Elle a besoin de la terre pour contenir sa course, de l'air pour la mouvoir, et du feu pour s'élever en vapeur et se renouveler.

Il lève alors les yeux vers le ciel, où une légère brise se lève.

— L'air est le messager. Il relie tout ce qui existe. Mais il ne peut transmettre que ce que la terre absorbe, ce que l'eau transporte, et ce que le feu inspire.

Enfin, il fait apparaître une petite flamme dans sa paume. Sa lumière vacille doucement, projetant des ombres dans l'Entre-Deux.

— Et le feu… Le feu est le moteur du changement. Il transforme, détruit, et régénère. Mais sans la terre, il ne peut exister. Sans l'air, il ne peut respirer. Sans l'eau, il ne peut être maîtrisé.

Tony réfléchit un instant, fixant la flamme dans la main de Georges.

— Donc… Si l'un est en déséquilibre, ils le sont tous ?

Georges hoche la tête.

— Exactement. C'est ce qui se passe aujourd'hui. Quand la terre souffre, l'eau déborde ou disparaît. Quand l'air est saturé de colère, il attise les flammes. Et quand le feu brûle sans limite, il détruit tout, même la terre qui le nourrit.

Tony se frotte les mains, comme pour évacuer un frisson.

— Alors, comment on rétablit cet équilibre

Georges se redresse, son regard perçant.

— En commençant par toi. Les éléments ne répondent pas seulement à la nature, Tony. Ils répondent aussi à tes intentions, à tes vibrations. Si tu es en paix, si ton cœur est aligné, tu peux harmoniser leur énergie. Ce que tu ressens, ils le ressentent.

Tony hésite.

— Moi ! Comment je peux influencer tout ça ? Je ne suis qu'un gars ordinaire.

Georges le regarde droit dans les yeux.

— Tu n'es pas ordinaire, Tony.

À cet instant, le tourbillon d'eau, la flamme, et la brise autour d'eux semblent se mêler subtilement. Une sensation de calme enveloppe Tony, et il ferme les yeux.

Pour la première fois, il ressent la connexion entre les éléments, comme un flux unique qui traverse tout.

Georges se penche vers lui

— La terre, le feu, l'air et l'eau, le vivant seront toujours tes alliés. Une fois que tu auras acquis la manière de les unir à toi, tu pourras tout créer et tout modifier. N'oublie pas de ressentir ton objectif final comme si tout était déjà réalisé. Tu es notre clé Tony, je le sais maintenant!
— Quelle clé ?
— Une clé, dont je ne connais pas encore le sens profond. Mais j'ai confiance et je sais que tu es la bonne personne. Tu sais déjà intuitivement comment t'allier aux éléments. Ce processus, inné chez toi. D'autres ont besoin de beaucoup plus de temps.

Encore une fois, personne ne sait rien quand ça me concerne ! Mais Tony ressent. Ses paumes ouvertes et ses yeux brillants, il s'abandonne à la vibration de l'Entre-Deux.

Georges l'observe et esquisse un sourire.

— OK, tu as tout compris. Bon, alors maintenant, parlons des synchronicités !

Chapitre 14.
La nature et les nombres

Georges et Tony se détendent tranquillement dans l'herbe.

Il désigne alors un papillon qui vole nonchalamment autour d'eux. D'un geste lent, Georges pointe le papillon, comme pour attirer l'attention de Tony.

Tu vois ce petit, là ? Il est sur le point de jouer un rôle que ni toi, ni lui, ne pouvez comprendre.

Avant que Tony ne puisse répondre, une image brumeuse apparait devant eux, comme si le paysage se déchirait pour révéler une autre réalité. Dans cette vision, une femme assise à un café semble perdue dans ses pensées. Elle joue distraitement avec son téléphone, ses traits marqués par une tristesse visible.

Tony fronce les sourcils.

— C'est qui ?

Georges ne répond pas immédiatement, son regard fixé sur la scène. Puis il murmure.

— Une âme au bord du désespoir. Elle cherche une réponse, une raison de continuer. Et le papillon va lui donner un signe.

Comme pour illustrer ses mots, le papillon se pose sur la table de la jeune femme en attirant son attention, puis il s'envole. Elle lève les yeux, le suit et son regard tombe sur une affiche derrière la vitre du café. Les mots inscrits en grosses lettres semblent résonner dans l'air : « *Osez recommencer.* » La femme se fige, ses yeux s'emplissent de larmes, avant de sortir son téléphone et de composer un numéro.

Tony, bouche bée, fixe Georges.

— C'est tout ? Un papillon et une phrase suffisent pour changer une vie ?

Georges se tourne vers lui avec son expression sérieuse.

— Ce n'est pas le papillon qui a changé sa vie. C'est son cœur qui a reconnu le message. Le papillon n'est qu'un messager, une synchronicité.

Tony reste silencieux un instant, regardant la vision se dissiper.

— Et moi, dans tout ça ? Je suis censé faire quoi ?

Georges lui dit.

— Ton rôle, Tony, est de créer les conditions pour ces moments. Avec ta présence, ton intention, et ta vibration du cœur, tu peux déclencher des synchronicités qui ouvrent des portes pour ceux qui en ont besoin.

Tony, troublé, voit maintenant Georges sous un autre jour, comme si cet homme devenait maintenant respectable.

Ils poursuivent leur chemin, Tony traîne encore les pieds derrière Georges, les mains dans les poches, son regard fixé sur le sol de l'Entre-Deux.

— Alors, c'est ça, l'apprentissage spirituel ? lance-t-il, brisant le silence.

Georges ne répond pas tout de suite. Il continue d'avancer. Son pas est lourd mais tranquille. Il se tourne vers Tony, les yeux interrogateurs.

— C'est ça ! Tu veux continuer ?

— Yes, on continue, rétorque le jeune apprenti souriant.

Georges, satisfait, voit Tony s'ouvrir peu à peu à l'apprentissage. Il désigne alors un tableau invisible devant lui.

— Tony, les chiffres ne sont pas qu'un langage des mathématiques. Ce sont des vibrations, des énergies qui résonnent avec l'univers. Chaque nombre a un sens, un message. Par exemple, le 11 incarne l'équilibre entre l'ombre et la lumière. C'est le chiffre de l'intuition, un appel à se connecter à son essence profonde.

Il hausse un sourcil.

— Tu veux dire que chaque fois que je vois un 11:11 sur une horloge, c'est pas juste une coïncidence ?

Georges esquisse un sourire.
— Pas du tout. C'est une synchronicité. Une invitation à te recentrer.

Il poursuivit, traçant des traits imaginaires dans l'air.
— Et le chiffre 7 ? Il symbolise la recherche, la méditation, les mystères de l'univers.

Tony réfléchit.
— Donc, si je comprends bien, ces chiffres sont comme des panneaux sur la route de la vie ?

Georges hocha la tête.
— Exactement. Mais rares sont ceux qui les écoutent. Ils voient, mais ne regardent pas. Ils entendent, mais ne comprennent pas.

Il trace cette fois des courbes.
— Et le 2 ? C'est l'harmonie, l'équilibre entre le yin et le yang. Il te rappelle que tu n'es jamais seul, que chaque choix doit s'ancrer dans l'écoute et dans la coopération.

Tony hoche la tête, intrigué malgré lui.
— OK, le 1, le 2… Et quoi d'autre ?

Georges pose une main sur le sol et trace une forme invisible.
— Le 4 représente les fondations, la stabilité. Les quatre éléments, les quatre-saisons, les quatre directions. C'est le pilier sur lequel tu bâtis ta vie. Mais attention… Si tes fondations sont bancales, tout s'effondre.

— Et le 5 ? demande Tony, croisant les bras.
— Le 5, continue Georges. C'est la liberté, le changement. Une énergie turbulente, mais nécessaire pour grandir. Il te pousse à sortir de ta zone de confort, à explorer, à évoluer.

Georges traça un cercle imaginaire dans l'air.

— Le 9, lui, marque la fin d'un cycle. C'est le chiffre de l'accomplissement, du lâcher-prise. Il te demande, qu'es-tu prêt à laisser derrière toi pour avancer ?

Il se lève et regarde Tony pour marquer l'explication.
— Tandis que le fameux 666, celui qui fait peur à tant de gens, n'est qu'un rappel. Il te demande de ne pas te perdre dans le matérialisme, mais de revenir à l'essentiel, à la spiritualité.

Tony se redresse et l'interrompt.
— Mince alors ! Si j'avais pu intégrer ça avant. Georges, il faut que je te raconte mon expérience avec le 666. Un truc incroyable de synchronicités m'est arrivé.

Tout fier, il réajuste sa chemise à carreaux et commence son anecdote.

Tony se redresse, croise les bras et fixe Georges avec un sourire en coin.
— Georges, avant qu'on continue, je dois te raconter un truc. Ça va te faire rire…. Une histoire de synchronicité, et pas des moindres. Ça date d'il y a quelques années, mais ça m'a marqué.

Georges incline la tête, curieux.
— Je t'écoute.

Tony prend une grande inspiration, son visage mi-sérieux, mi-amusé.
— À l'époque, ma vie partait en vrille. Pas de boulot, pas d'argent, et Anna voulait divorcer. Bref, tout allait de travers. Alors, pour m'en sortir mentalement, j'ai décidé de me faire un cadeau… Un gros cadeau.

Georges lève un sourcil.
— Et c'était ?

Tony étend les bras comme s'il décrivait une scène grandiose.
— Une voiture. Pas n'importe laquelle, Georges. Une belle voiture, puissante, brillante. Un vrai bolide ! Sauf que… je n'avais pas du tout les moyens.

Georges hoche la tête, amusé.

— Je sens que ça ne s'est pas bien terminé cette histoire !

Tony rit doucement, mais ses yeux montrent une pointe de regret.

— Oh, tu n'imagines même pas. Dès le début, j'ai eu des signes. Des dizaines de signes. Et pas des subtils. Le plus évident ? Le 666, Georges. Je le voyais PARTOUT. Sur les factures, les plaques d'immatriculation, même sur des tickets de caisse. Ce fichu nombre m'obsédait.

Georges croise les bras, intéressé.

Et tu ne t'es pas arrêté, évidemment ?

Tony secoue la tête.

— Ben non, bien sûr que non. Je voyais ce nombre et je me disais. C'est rien, juste une coïncidence. Mais au fond, une petite voix en moi me disait d'arrêter. Et devine ce que j'ai fait ?

Georges sourit doucement.

— Tu l'as ignorée.

Tony éclate de rire.

— Exactement ! Je l'ai enfermée dans un coin de ma tête et j'ai jeté la clé. J'étais déterminé. J'ai fini par trouver une voiture à mille kilomètres de chez moi. Trop beau pour être vrai, tu vois ? J'ai pris un train, un avion, j'ai dormi à l'hôtel. Et finalement, j'ai récupéré la voiture.

Georges penche légèrement la tête, comme pour deviner la suite.

— Au début, c'était magique. Trente kilomètres de pur bonheur. J'étais le roi du monde ! Et puis, à trente et un kilomètres… Elle cale. Elle recale dix kilomètres plus loin. Et puis encore, et encore. Je te jure, Georges, j'ai dû m'arrêter trente fois : sur l'autoroute, dans les bois, au feu rouge… Un vrai calvaire.

Georges, les yeux pétillants de rire, l'encourage à continuer.

— Et tu es quand même rentré avec ?

Tony acquiesce, un sourire ironique sur les lèvres.

— Oui. Mais le meilleur, c'est quand j'ai découvert un trou de dix centimètres dans le plancher conducteur. La rouille avait tout bouffé. Une vraie épave, cette bagnole. Bref, ça m'a coûté une fortune, des mois de galère, et à la fin, j'ai divorcé.

Georges rit de bon cœur, mais son regard reste bienveillant.

— Tony, tu veux que je te dise ce qui est fascinant dans cette histoire ?

Tony hausse un sourcil.

— Que je sois incroyablement têtu ?
— Pas seulement. Tu as ignoré tous les signes, toutes les synchronicités qui te disaient d'arrêter. Et pourtant, tu as vécu exactement ce que tu devais vivre. Ce 666 que tu voyais partout n'était pas une menace. C'était un message. Il te demandait de lâcher prise sur le matériel, sur ton besoin de contrôle, pour te reconnecter à l'essentiel.

Tony reste pensif, son sourire s'effaçant doucement.

— C'est marrant… À l'époque, je me disais que c'était juste de la malchance. Mais en y repensant maintenant, je crois que tu as raison.
— Ce n'était pas une punition, Tony. C'était une leçon. Et regarde où tu en es aujourd'hui. Tu es là, prêt à écouter. C'est ça, le plus important.

Georges esquisse un sourire.

— Tony. Il faut que tu saches un truc. Un truc important. La petite voix qui murmure, ce n'était pas la bête à cornes.
— C'était quoi ?
— C'était qui plutôt… C'était Ève. Franchement, la pauvre, elle a tout tenté pour t'aider, mais tu es entêté comme un âne. Tu ne l'as jamais écoutée.
— Ève ?

Tony retrouve son air pensif. Ce doux nom résonne en lui comme la vibration musicale de la terre. Il s'imprègne de cette sensation en se demandant pourquoi cela lui fait cet effet.

Pendant ce temps, Georges fixe l'horizon où les contours du paysage semblent vaciller.

— Tony ? dit-il d'une voix plus grave qu'à l'accoutumée. Ce que tu as appris aujourd'hui n'est rien comparé à ce qui t'attend. La prochaine étape exigera de toi bien plus que de l'humour et des histoires sarcastiques.

Tony, surpris par le ton sérieux de Georges, reprend ses esprits et plisse les yeux.

— Qu'est-ce que tu veux dire par 'bien plus' ?

Georges se tourne vers lui.

— Tu devras gérer. Et cette fois, Tony, il n'y aura pas de chemin facile.

Une lumière intense envahit l'espace, comme si le ciel lui-même s'ouvrait. Georges fait un signe de tête.

— Allons-y !

Tony soupire, lançant un regard à Pataud qui remue la queue, prêt à avancer.

— Et moi qui pensais que c'était déjà suffisamment compliqué…

Il emboîte le pas, laissant derrière lui un paysage enchanteur qui s'efface dans un souffle de vent.

Chapitre 15.
Apprentissage des synchronicites

— Continuons ! ordonne Georges d'un ton plus ferme.

Tony perçoit sa vibration de colère, mais cela ne l'empêche pas de chuchoter à pataud.

— Non sérieusement ! Regarde ça Pataud. Notre colosse vient de revenir avec des chaussettes à fleurs ! Tony pouffe intérieurement.

— Tony, arrête tes moqueries, je te rappelle que je vois tes pensées, grogne Georges en avançant.

— Franchement ! Je ne vais quand même pas te dire que ton nouveau tee-shirt en V parsemé de fleurs roses fait ressortir ton côté homo ! -

Du haut de son mètre quatre-vingt-douze, Georges se retourne et regarde Tony droit dans les yeux.

Il se penche sur lui avec un air de bœuf méchant.

— Et là, Tony !! Tu en penses quoi de l'homo ?

Tony replace rapidement son attitude pénible dans sa poche. Le dos courbé en arrière, prêt à tomber, il ne fait plus le malin. Surtout lorsqu'il constate que sa propre chemise à carreaux vient d'opter pour une nouvelle déco fleurie et que ses chaussures se sont transformées en sandales rose.

— OK, Georges. C'était juste pour te charrier ! Retire-moi ça.

Georges le regarde et sans qu'il prononce un mot, Tony entend

— Non, mon petit. Tu iras très bien avec le décor. On avance maintenant et plus d'entourloupes !

Tony déchiffre les mots de Georges sans que ce dernier n'ouvre sa bouche. La seule différence est que le son n'atterrit pas dans ses oreilles, mais résonne à l'intérieur de son corps.

Pataud regarde son maître d'un air dépité.

- *Ta gueule Pataud !* Pense Tony, en le mitraillant du regard.

Le chien couine, rentre sa queue et baisse la tête. Il préfère se ranger près de Georges et se mettre en marche avec lui.

Tony les suit en traînant ses baskets. Pataud est heureux dans l'environnement de Georges. En reniflant des odeurs inconnues, de nouveaux sens se développent. Il ressent la tristesse de son maître de ne pas être en compagnie d'Ève, mais clairement, il préfère se concentrer sur l'herbe.

Après une dizaine de minutes de marche. Les trois compagnons se retrouvent devant une majestueuse porte blanche ouverte, illuminée par le soleil. Derrière cette entrée, une vaste étendue de sable blanc s'étend à perte de vue. Des cocotiers se balancent doucement, tandis qu'une mer resplendissante d'un bleu transparent invite à la baignade.

— Waouh, bon présage !

Tony peut entendre au loin le doux ressac des vagues qui se déposent le long de la plage. L'eau turquoise l'appelle. Il ressent déjà la vibration calme du lieu. Attiré par la douceur caribéenne, nos trois complices passent la porte sans se faire prier.

— Plutôt sympa ! On va se baigner ?

Il sent qu'il va se plaire dans ce nouvel environnement.

Georges lui montre trois jolies brunettes allongées sur leur serviette cherchant à faire dorer leurs charmantes silhouettes.

— Finalement, c'est un peu plus sexy que l'entre-deux, n'est-ce pas, Tony ?

— Ouais pas mal ! Pas mal !

Tony s'arrête au bord de l'eau, son regard accroché à une image qui flotte à la surface. C'est Chloé. Son visage, éclairé par une lumière douce, semble concentré, mais marqué par une fatigue qu'il connait bien.

— Chloé ? murmure-t-il, tendant la main vers l'eau.

Des ondulations font alors vaciller l'eau, comme pour lui rappeler le pouvoir du cœur. Il reste figé, le cœur serré.

Elle sort tranquillement de l'eau, prenant une posture digne des plus belles publicités pour les maillots de bain tendance. Son allure est divine, bien que son maillot de bain, un brin trop étriqué, ne soit pas du tout aux goûts de Tony.

Il se retourne vers Georges, un peu fâché

— Non, mais sérieusement, c'est ma fille ça ? dit-il en regardant Georges. C'est quoi ce maillot. C'est un string ? Et c'est quoi cette démarche, sérieusement Chlo-ééé ! Tu te crois dans une téléréalité ou quoi ?

Au bord du désespoir face à tant de négligence, il s'approche d'elle, décidant de tenter de lui remettre les idées en place. Mais sa fille est totalement absorbée par son jeu de sirène et semble ne rien entendre. Elle sort de l'eau avec une grâce magistrale, indifférente à l'agitation de son père.

— Elle est grande maintenant, Tony !

Celui-ci, n'entendant rien, reste agité. Il essaie désespérément de brandir une serviette à sa fille qu'il peine à attraper. Dans un élan d'énervement et avec l'espoir que cela suscite une réaction, il s'écrie.

— CH-LO-É, mets quelque chose sur toi, MAIN-TE-NANT !

Chloé regarde alors ses jambes et dit à ses amis,

— Hou là là ! Ça pique fort les filles. C'est l'heure des moustiques. Il faut s'habiller vite. Dépêchez-vous ! En Martinique, les moustiques, ils adorent les touristes.

Tony se retourne vers Georges, les yeux grands ouverts, en lui demandant si c'est une pure coïncidence, ou si le fait d'avoir hurlé a provoqué une vibration qui a fait que Chloé s'est habillée. Georges lui répond.

— Alors, soit, t'es parano ! Soit, il y a un cœur dans ta face de têtu ! dit-il en souriant. Il ajoute, mais appeler les moustiques, ça ! C'est pas sympa !

Chloé et ses collègues rentrent à l'hôtel. C'est un hôtel de luxe situé aux Trois Ilets. Il donne directement sur la mer.

Elle et ses amies participent à un séminaire de cohésion organisé par le travail de Chloé. L'ensemble de l'équipe a atterri il y a deux jours dans ce somptueux hôtel de l'île aux fleurs.

Chloé, âgée de 34 ans, a connu une évolution impressionnante dans sa carrière professionnelle. Actuellement, elle occupe le poste de rédactrice en chef et est présentatrice d'une émission matinale sur la chaîne publique JTV. Son professionnalisme sans faille et la qualité remarquable de son travail lui ont permis de se bâtir une excellente réputation, tant auprès du public, que des médias.

Au-delà d'un beau parcours, Chloé s'est métamorphosée en une femme d'une grande beauté, dotée d'une intelligence et d'un charisme indéniable. Son éloquence et son élégance lui confèrent une présence scénique qui garantit des audiences de qualité pour ses émissions.

Georges brief Tony sur l'évolution de sa fille.

— C'est le moment pour elle de passer un grand cap. Pour cela, tu vas devoir l'aider à être au bon endroit, au bon moment. Tu seras guidé par moi.

— Guidé par toi ? Ben autant directement me jeter par la fenêtre. Ironise Tony.

— Oui. Guidé par moi ! Et ce n'est pas la peine d'appeler Ève au secours. Elle ne viendra pas. Pas cette fois !

Georges est un peu plus concentré. Il se rapproche de Tony et de Pataud et leur propose d'attendre un peu.

Devant eux s'étend la majestueuse terrasse de l'hôtel, où les meubles de style colonial s'harmonisent à merveille avec la beauté tropicale de l'île. La terrasse couverte propose de spacieux espaces agrémentés de jolies tables basses entourées de confortables fauteuils en bois tropical. Ce lieu idyllique permet aux touristes de déguster un cocktail au bord d'une superbe piscine à débordement, dont les eaux scintillantes offrent un regard saisissant avec le paysage environnant.

Derrière la piscine, la vue plonge sur une mer d'un calme infini, semblable à une huile précieuse. Des palmiers se dressent fièrement, accompagnés de bougainvilliers aux couleurs vives qui viennent égayer la terrasse.

Alors que la nuit approche, le soleil rougeoyant se glisse lentement vers l'horizon et enflamme le ciel dans un spectacle d'une beauté à couper le souffle.

Au bout de quelques minutes, Chloé fait son apparition avec ses amis. Elle est vêtue d'une somptueuse robe bleue, longue et cintrée, qui met en valeur sa silhouette parfaite. Ses épaules sont délicatement dénudées, accentuées par un joli foulard en soie blanche qui tombe gracieusement sur son bras. Son bronzage éclatant souligne ses traits et rehausse sa beauté naturelle.

Tony est émerveillé par la grâce et l'élégance de Chloé. Il la regarde, ses mains tremblantes de frustration.

Regarde-toi… Tu es tellement forte, tellement brillante… Et je suis ici, incapable de te parler. Sa voix se brise dans un souffle. Si seulement je pouvais te dire à quel point je suis fier de toi.

Chloé passe devant lui sans lui prêter aucune attention. Une vague de tristesse traverse Tony - *La solitude des fantômes* - se dit-il.

La jeune femme se laisse tomber avec grâce dans l'un des fauteuils moelleux de l'hôtel. D'autres clients, tout aussi élégamment vêtus, sont déjà installés. L'heure de l'apéritif a sonné. Les serveurs apportent aux convives de magnifiques cocktails colorés agrémentés de fruits tropicaux.

Tony observe le paysage.

— Mais c'est le paradis ici, Georges ! On reste ? s'exclame Tony.

Georges le regarde avec un petit air taquin.

— Ne prends pas tes rêves pour la réalité. Tu es au boulot !

Un peu plus loin, des personnes font des allers-retours devant l'entrée d'une salle VIP, visiblement réservée aux clients prestigieux. Un service de sécurité est présent devant les portes de la pièce, ce qui laisse présager qu'une personnalité hors norme est présente. Les personnes qui s'affairent sont assez tendues, mais cela ne perturbe pas les clients de l'hôtel qui poursuivent leurs vacances tranquillement en savourant leur cocktail.

Chloé, qui a remarqué l'agitation, se retourne vers son amie, et en bonne journaliste, lui dit.

— Regarde-les ! Des Parisiens, à tous les coups. Ils sont tendus comme des strings. Je me demande bien quelle célébrité peut-être dans cette salle ?

— Laisse tomber Chloé. On est en vacances, profite ! répond sa collègue. Chloé est curieuse comme une fouine.

Les filles poursuivent tranquillement leurs échanges, mais Chloé garde un œil sur la porte.

Pendant ce temps, Georges explique à Tony la teneur de la mission qui lui est confiée.

— Elle est au bord d'un carrefour. C'est l'occasion pour elle de s'ouvrir à quelque chose de plus grand, de prendre une voie qu'elle n'aurait jamais osé envisager. Si elle manque cette rencontre, elle restera enfermée dans des doutes qui la limiteront. Mais si elle avance maintenant, elle se connectera à son potentiel. Et ce potentiel pourrait changer bien plus qu'elle-même.

Tony est parcouru d'effrois. Il doit réussir cette mission pour Chloé.

— Que dois-je faire ?
— C'est assez simple. Tu dois faire en sorte que Chloé se retrouve en face du bar, devant la salle qui se trouve au fond, à 19h47 précise.
— Non, tu rigoles Georges ! 19h47 ? Dans dix minutes ? Et tu veux que je fasse quoi là… Dix minutes ? Je n'ai même pas le temps de réfléchir.
— C'est ta mission. Débrouille-toi !

Georges n'a pas l'air inquiet et s'éloigne sans un mot.

Tony réfléchit pendant que pataud grogne en regardant son maître.

— Ben quoi ! Qu'est-ce que tu as, Pataud ? Vas-y, toi faire le job ! Chloé arrive à sentir ta vieille odeur de chien mouillé. Va la voir ?

Pataud s'exécute et s'approche de sa maîtresse. Il essaie de la renifler et de lui montrer qu'il est présent devant elle. Rien n'y fait. La jolie brune ne voit rien. Il poursuit gaiement sa quête et semble amusé de faire le beau devant elle. Il joue, traverse la table, tente de toucher les verres, essais de sauter sur Chloé en aboyant. Pataud a l'air d'aimer la situation.

— Ben, je n'ai pas gagné au gros lot avec ce chien !

Sur la table, devant les filles, une bourrasque légère tourne les pages d'un carnet appartenant à Chloé . Il souvre à une page ou est notée « Ne pas oublier en novembre de parler du jour des morts. »

Chloé se recule délicatement dans son fauteuil. Elle regarde au loin, ses yeux perdus dans le vide. Elle serre son téléphone dans sa main, comme si elle hésitait à l'utiliser. *Papa aurait adoré cet endroit,* pense-t-elle doucement. Une vague de nostalgie traverse alors son visage, suivie d'un sourire triste.

Ses amies lui demandent ce qu'elle a.

— Rien. Je pensais juste à mon père et me disais qu'il aurait tellement aimé connaître cette île. Il est mort alors que j'avais quinze ans. Mais ça va, c'est du passé, je pense à lui le pauvre, il en a bavé toute sa vie et pourtant, je me dis que c'était un homme avec un si grand cœur. Il aurait aimé la sérénité de ce lieu. Mais bon… c'est étrange, quelques fois, j'ai vraiment l'impression qu'il est près de moi. Chloé baisse la tête. Bref, passons…

Après quelques acrobaties, Pataud finit par se calmer.

Tony ému, s'approche de sa fille.

— Je suis là ma princesse. Tu es dans mon cœur, si tu savais. J'éprouve tant de peine de ne pas pouvoir te serrer dans mes bras

Il approche sa main avec douceur près des joues de sa fille et effleure son visage sans le toucher. Il en oublie sa mission, et reste à observer les moindres mouvements de Chloé.

— Tic-tac, Tic-tac!. Georges commence à s'impatienter.

Tony sort de sa léthargie et regarde l'horloge : il lui reste trois minutes.

Il reprend alors rapidement ses esprits, se remémorant les enseignements profonds d'Ève. Il adopte une posture de méditation debout devant sa fille, et s'efforce d'apaiser ses pensées. Dans le silence de son esprit, il commence à solliciter l'aide des quatre éléments et des forces de la nature, priant pour que Chloé se retrouve devant le bar dans moins de trois minutes. À mesure qu'il plonge plus profondément dans sa méditation, il ressent une force grandissante en lui, une énergie qui se manifeste par une lumière vive irradiante qui émane de son corps. Ce ressenti commence à lui être familier et il décide de l'amplifier.

Tony se laisse envahir par l'énergie de l'Entre-Deux. Une chaleur douce monte dans ses mains, se propageant comme des vagues lumineuses. Le vent se calme autour de lui, tandis que des lueurs dorées dansent dans l'air.

— Concentre-toi sur elle, pas sur toi, lui rappelle Georges.

Un pétale de rose virevolte doucement jusqu'au bras de Chloé, interrompant son mouvement. Elle s'arrête, la fixe un instant, et lève les yeux vers la pièce, pensant à son père.

2 minutes et 05 secondes
— Un bel oiseau des îles à la gorge jaune vient se poser sur la table.
— Chloé et ses amis sont enchantés à la vue ce magnifique volatile tropical.

1 minute et 55 secondes
— L'oiseau se dirige directement dans le pot de cacahuètes. Il en saisit une et se met à picorer.
— Les filles observent la scène et sortent discrètement leurs portables pour saisir le moment.

1 minute et 35 secondes
— L'oiseau se régale.
— Pataud veut le bouffer.
— Tony poursuit sa méditation.
— Georges attend.

1 minute et 20 secondes
— Pataud se jette sur l'oiseau et retombe.
— Un coup de vent pousse les serviettes de la table.
— L'oiseau s'envole.
— Pataud n'a rien compris à la scène.
— Tony ferme toujours les yeux et médite.

1 minute et 02 secondes
— L'oiseau revient et se pose sur le verre de Chloé.
— Les filles laissent la scène se dérouler et observent.
— Pataud se couche, dépité.
— Georges attend.

49 secondes
— L'oiseau fait une petite fiente bien baveuse dans le cocktail de Chloé.
— Les filles éclatent de rire.
— Pataud ouvre un œil, puis il se recouche.
— Georges s'impatiente.

30 secondes
— Chloé est dégoûtée et pense à changer son verre.
— Tony ouvre un œil.
— Georges regarde l'heure.

10 secondes
— Chloé se lève et se rend au bar.
— Tony et Georges la suivent du regard en retenant leur souffle.

Au moment où Chloé arrive au bar, la porte de la salle de derrière s'ouvre. Il est 19h46. Une femme très apprêtée, sort de la salle en râlant.

Elle est au téléphone et visiblement très énervée.

Elle se met à côté de Chloé et demande un Ti-punch bien costaud au serveur. Elle crie au téléphone.

— Vous ne pouvez pas venir ! Vous n'êtes pas professionnelle. C'est tout ce que j'ai à vous dire. Elle raccroche.

Après une belle gorgée de rhum anesthésiante, elle pose son verre et se tourne vers Chloé.

— Mais, vous êtes Chloé Dubois ! La présentatrice du JTV ?
— Oui ! Répond Chloé un peu surprise.
— Vous tombez bien. J'ai besoin de vous !
— Comment ça !
— Suivez-moi !

Chloé est interloquée par le ton direct et exigeant de la femme.

— Et oh !… Bonjour - S'il vous plaît - Merci ! Ça vous écorcherait la gorge ? lui dit-elle.
— Oui pardon. Bonjour. Je m'appelle Sophie Guillaume et je suis le directeur de cabinet de Monsieur le Président.

La femme ne fait aucun cas de l'avis de Chloé et l'amène directement vers la salle. Elle ouvre grand la porte.

Au fond de la salle, plusieurs personnes sont affairées autour d'un homme. Un plateau technique est en place : caméras, lumières, téléprompteur, fond vert. Un univers parfaitement connu de Chloé.

Chloé entre et aperçoit avec stupeur le président de la République en conversation au fond de la salle. Chloé savait que le président rencontrait les prefets de Martinique et de Guadeloupe mais, étant coupé des équipes de presse, elle ignorait sa présence dans l'hôtel.

— J'ai trouvé notre présentatrice ! annonce Sophie. Nous allons la briefer !

Chloé n'a pas le temps de dire ouf. Elle est embarquée par deux autres personnes qui lui exposent le projet et les textes. Une maquilleuse s'affaire devant elle pour commencer son maquillage.

Sophie va prévenir le Président de son changement de journaliste.

La situation est stressante, et Chloé sent qu'elle ne peut refuser.

Elle s'assied, reprend ses esprits et se laisse faire.

Ce moment de synchronicité unique la propulsera dans les plus hautes sphères de la société, bien au-delà de ce qu'elle pourrait l'imaginer.

Georges et Tony sont à côté d'elle.

— J'ai réussi Georges. Annonce Tony avec une certaine arrogance.
— Heureusement que Pataud était là ! On n'aurait jamais été à l'heure. Réponds Georges.
— Bon Ok Georges, On ne va pas épiloguer. On a réussi. Mais dis-moi. C'est incroyable de laisser faire les choses et de ne rien maîtriser.
— Eh oui. Tu es mort, je te rappelle. Tu peux lâcher ton ego ici. Tout concourt au bien.

Tony regarde son corps et se voit parfaitement bien.

— OK, je vois ce que tu veux dire. Mais ça ne va pas être simple de me voir autrement. Et je dois dire que cela me va très bien comme ça. Bon, Georges, et si nous avions échoué ?
— Eh bien, une autre occasion se serait présentée bien plus tard. On aurait perdu du temps et Chloé aurait été moins bien dans sa vie, le temps qu'on tente de la remettre sur le bon chemin.

Tony se tourne alors vers Georges et lui dit en souriant.

— Tu sais qu'avec tout ce que je viens de vivre sur terre, on pourrait faire un super livre à succès et un bon film !
— Impossible, il n'y a pas d'intrigue. Tu réussis toutes tes missions !
— Il faut dire que j'ai une bonne motivation aussi. Dit-il en regardant Chloé
— Chloé ? Oui. Je dois dire que tu m'impressionnes, Tony. Vu ton allure et ton attitude de simplet. Jamais je n'aurais imaginé que tu puisses avoir autant de capacité.

Tony bombe un peu le torse, un sourire satisfait au coin des lèvres. Il fixe Georges droit dans les yeux.

— Eh bien, un jour, un grand molosse a dit que ce n'étaient pas des super-héros dont on avait besoin ici, mais des gens simples, normaux.

Georges esquisse un sourire, son regard bienveillant.

— Avec un gros cœur vibrant, oui.

Tony hoche la tête, son sourire se teintant d'une pointe de nostalgie.

— Tu sais quoi ? Je n'avais aucune idée, quand j'étais vivant, que mon cœur vibrait autant... Ou que ça comptait vraiment.

— C'est souvent comme ça. Les humains ne se rendent pas compte de l'impact qu'ils ont. Mais toi, Tony... Ton cœur a toujours été ouvert, même sans que tu le saches.

Tony plisse les yeux, intrigué.

— Ouvert, hein ? C'est pas vraiment comme ça que je me serais décrit...

— Et pourtant, c'est vrai. Toute ta vie, tu as semé des petites graines, parfois sans t'en rendre compte. Un mot par-ci, un geste par-là. Rien de spectaculaire, mais suffisant pour changer la trajectoire d'une vie. Tu as aidé des gens à retrouver leur chemin, et ces petits actes ont rééquilibré des parties de la grande toile.

Tony reste silencieux un moment, absorbant les mots. Il finit par murmurer.

— La grande toile, hein ? Jamais je n'aurais cru être aussi important...

— Pas important, Tony. Essentiel. Ce sont les cœurs simples et vibrants comme le tien qui maintiennent l'équilibre. Les super-héros ne font que corriger les désastres. Toi, tu as évité qu'ils se produisent.

Georges se retourne et s'apprête à quitter le lieu.

Bon maintenant que tout est en place. On s'en va. Les choses vont s'accélérer. On n'a pas fini le job.

Tony regarde une dernière fois Chloé avec douceur et tristesse de la quitter.

— À bientôt ma princesse !

Tel un chat qui se tourne rapidement pour capter le vide de la pièce, Chloé vient fixer Tony. Un fluide d'émotions vient de la traverser et une ombre délicate capte furtivement son attention. N'observant rien, elle se redresse pour terminer sa préparation.

AURORE LARCHER

Chapitre 16.
Réincarnation

Georges est satisfait. Il se dandine en sifflant.

Eh bien, 'Good job' ! Je pense que les dieux vont t'autoriser à te réincarner en chien dans une maison bien sympa !

— En chien ? Tony pouffe de rire. Comme Pataud ? La bonne blague.

Il s'imagine en chien, reluquant sous les jupes des jeunes filles pour vérifier si elles portent une culotte.

Georges le regarde d'un air étonné.

— Ben oui, en chien. Pourquoi ? Ça te pose un problème ?
— Je ne vois pas en quoi cela serait une super promotion !

Georges lâche ses épaules en soufflant.

— Tu penses toujours que l'être humain est le plus intelligent et le plus avancé de la planète ?
— C'est à peu près ça. En même temps, je te mets au défi de me trouver sur terre une espèce plus intelligente que nous.
— Et tu crois encore que l'intelligence, c'est le plus important ?
— Eh bien, disons que c'est déjà pas mal pour un humain, répond-il en sachant que cette réponse est finalement idiote.

Georges lève les yeux.

— Dieu du ciel ! Il n'a toujours rien compris l'apprenti ! Bon, on recommence. Dépité, reprend des explications. L'équilibre et le cœur, ça, c'est important ! Le cerveau, on s'en fout. L'Homme n'a pas plus de valeur qu'un chien ou un cafard. Je vais te dire un truc, un chien dans une bonne famille a une super vie. Il aura le droit à plusieurs années de câlins et de bisous. Il sera nourri, aimé, choyé... Il jouera et sera toujours heureux. C'est une vie de rêve, crois-moi !

Georges, tout fier, ajoute

— J'ai été une très bonne chienne dans une autre vie et crois-moi, j'ai vécu des moments merveilleux. J'ai appris la fidélité, l'amour inconditionnel, le lâcher-prise... tout ce que vous, les humains, passez des années à chercher sans jamais vraiment trouver.

Tony lève les mains en l'air.

— Super. Moi qui espérais percer les mystères de l'univers, je vais plutôt apprendre à rapporter des bâtons et à mendier des friandises.

Pendant que l'esprit de Tony est distrait par la petite chienne, Pataud s'assoit devant lui, et lui lèche le tibia. Puis dans un élan d'amour pour son maître, il saute sur ses jambes et le regarde droit dans les yeux, la gueule grande ouverte, la langue pendante, gigotant au rythme de son halètement. Sa queue, qui traîne au sol, s'agite comme une serpillière. Il attend quelque chose... Peut-être un câlin !

— Mais qu'est-ce qu' il a celui-là. Pataud dégage ! dit-il en le repoussant.

Pataud se couche, déçu. Tony se tait. Il n'est pas sûr d'être prêt à accepter cette idée, mais une part de lui sait que Georges n'a pas totalement tort.

Georges réfléchit, un brin de nostalgie dans le regard.

— D'ailleurs, tu vois quand j'étais une chienne, j'avais un super maître. Dans ma vie suivante, il est devenu mon cheval. Puis des années plus tard, dans une autre vie de Tourterelle, c'était mon compagnon. On a fait des petits, on a vraiment eu du mal à se quitter.

— Arf. Dégueu !

Georges se tourne vers Tony et insiste.

— Il n'y a rien d'humiliant ou de dégradant à incarner une autre espèce. C'est une expérience. L'arbre t'apprend la patience, la fourmi t'enseigne la vie en collectivité, le chat t'apprend la vigilance, l'araignée t'apprend la mesure, le cafard : la robustesse… Bref, j'en passe. Franchement, c'est logique tout ça. Je ne comprends pas que tu ne puisses pas encore saisir une telle chose !

Tony réfléchit à l'idée d'être un chien et se dit qu'effectivement au moins, il aurait la paix.

Il regarde Georges et tente de lui parler par la pensée.

— C'est quoi l'enseignement pour les humains alors ?

Georges répond naturellement.

— Cela sert à comprendre comment te servir d'un beau cerveau en l'associant au cœur. Visiblement, il y a un truc qui a dérapé quelque part chez les humains ! dit-il en riant. Une 'couille dans le pâté' ! Comme on dirait en bas. Ajoute Georges, tout fier de son expression.

Puis, il reprend son discours

— Les Hommes sont devenus fous ! Et je peux te dire que ça nous donne un sacré travail.

Tony, regarde en l'air avec une moue de réflexion. Il commence à se faire à l'idée que tout ce qu'il a appris sur terre n'a rien à voir avec ce qu'on lui enseigne ici.

— Je peux te dire que les hommes ne sont pas prêts à intégrer tout ce que vous m'enseignez dans l'entre-deux. Il faudra encore des siècles ! Mais bon quand ils mourront, ils comprendront !

Tony se dit qu'il lui reste encore beaucoup à apprendre et se met à réfléchir sur l'état que pourrait avoir son apparence ici, dans l'entre-deux.

Au même moment, il se regarde et vérifie ses jambes. Il constate avec effroi que son service trois pièces a disparu. Il regarde Georges avec une tête défaite.

— Georges, qu'est-ce qui m'arrive ?
— Ce n'est rien. Tu viens de comprendre que tu es asexué.
— Asexué ? Mais je ne veux pas être asexué. C'est quoi ce délire.
— Je te l'ai dit, ça ne sert à rien ici.
— Sérieusement ? Je m'en moque moi que ça ne serve à rien. Je veux mes roubignoles !

Sa paire de valseuses reprend instantanément forme dans son caleçon. Tony finit par se calmer.

— C'est mieux !

Il reprend alors ses esprits et change de sujet.

— Et donc Georges, avec vos super-pouvoirs de transformation du monde, vous n'avez rien pu faire pour les humains ?

— Le problème, c'est justement qu'avec vos valseuses, vous faites trop de gosses. Ça pullule de partout. Vous les éduquez pour qu'ils deviennent des encéphales ultra-performants sur pattes.

— Et nous, on n'arrive plus à suivre pour transformer tout ça en conscience.

— C'est pour ça que tu es là ! On est obligé de recruter des simplets, tu vois ?

Georges, débordant de bonne humeur, éclate de rire, son éclat joyeux résonne dans l'air.

- *Mais quel humour de Mer.. !* Tony énervé, ravale vite fait cette dernière pensée pour ne pas se faire repérer.

— Franchement, c'est quoi ton problème avec les humains ?

— Je n'ai aucun problème avec les humains ! C'est juste que tu leur donnes du bois et du feu, ils te cramant la planète. Tu leur files à manger, ils tuent à la chaîne et se gavent à en devenir obèses et malades. Tu leur déposes des matériaux pour mieux vivre, ils te fabriquent des armes et s'entretuent.

Tony écoute attentivement et commence à adhérer (un peu) à la cause de Georges.

Pendant ce temps, Georges part dans une grande tirade.

— En fait, c'est assez simple. Tout ce que l'on met dans leurs mains, ils s'en servent pour assouvir leur ego, au détriment de la planète ou de leur propre espèce. On a tout fait pour qu'ils accèdent à la conscience et ces imbéciles utilisent tout ce qu'on leur a donné pour assouvir leurs désirs personnels. Ils ne sont jamais contents ! Ils ont même créé les guerres pour obtenir toujours plus, pour eux ! Rien n'arrête leur course folle à la destruction.

— C'est sûr que l'Homme est un guerrier depuis la nuit des temps.

— C'était tellement la catastrophe, qu'on a même mis en place la COVID pour leur permettre de prendre conscience de la planète. Tu parles, 6 mois après, ils ont repris leurs idéaux de destruction. Des égoïstes, je te dis ! Je vais te dire ce que je pense : il n'y a pas une seule autre espèce vivante sur terre qui détruit autant l'équilibre planétaire. Pas une seule autre espèce qui soit aussi égoïste que l'Homme.

Georges se calme et se reprend.

— Mais bon, 20 % d'entre eux sont assez sages.

Tirade terminée.

Tony, reste bouche bée. Il tente de changer de sujet afin de calmer le mollosse.

— Bon, on fait quoi maintenant ?
— Maintenant, on fait une pause !

Georges s'assoit et Tony fait de même. Quant à Pataud, il se retourne sur le dos, le ventre en l'air et remue sa queue en regardant son maître. Visiblement, il attend un câlin comme pour confirmer les propos de Georges.

Son maître semble saisir un vague message, comme une petite voix qui résonne au creux de son ventre.

— Allez, fait moi un câlin mon petit-maître !

Son maître semble saisir un vague message, comme une petite voix qui résonne au creux de son ventre. *Allez, fait moi un câlin mon petit-maître!*

Il se retourne vers Pataud, les yeux exhorbités et active son esprit.

— Naan ! Pas toi aussi Pataud
— Si! Moi aussi. Et pourquoi pas ! Allez, fait moi un câlin, ça va te calmer -

Tony est écoeuré. Il ne fera aucune grattouille à Pataud.

— Tu étais bien plus mignon sans la parole Pataud ! Ras-le-bol que mes pensées personnelles soient connues, même par mon chien !

Georges observe son apprenti le sourire aux lèvres.
— Déjà, tu verras rapidement que c'est bien plus simple pour communiquer. Ensuite, tu t'y feras très vite. Pas de faux-semblants ici. Tout est transparent, net et clair !
— Je comprends, mais comment tu fais quand tu vois une fille et que tu éprouves des envies intimes. Tu vois ce que je veux dire. Le sexe quoi ?

Georges le regarde de haut en bas. Il se met à rire aux éclats sous le regard incrédule de Tony.
— Depuis que tu es là, as-tu envie de manger ?
— Non.
— As-tu envie de pisser ?
— Non plus.
— Ben, c'est pareil.
— Arrête ! Aucun plaisir de la vie ?! répond Tony, un peu déçu.
— Aucun. C'est tout l'intérêt de vivre sur terre, l'expérience de ressentir la douceur de l'eau sur son corps, de toucher la chaleur d'une peau, de croquer dans un bon poulet braisé, de s'en mettre plein les yeux, d'entendre le bruit de la vie et sentir l'odeur d'une rose ! humm… répond Georges totalement apaisé.

Le jeune apprenti semble aussi ressentir toutes ses sensations en lui, mais Georges lui rappelle.
— Tu es mort. Tu n'as pas de corps et pas de cerveau, donc aucune sensation corporelle et pas d'émotion ici. Rien de tout cela ne te dérangera. Pour le moment, seuls tes souvenirs très présents sont encore des sensations pour toi, mais tout cela s'estompera avec l'acceptation et la résilience.
— Mais je ressens et je te vois !
— Ben, tu ne ressentiras plus rien et tu ne me verras plus.
— Mais c'est vraiment trop nul ! Bien que finalement, ne plus te voir peut s'avérer plutôt sympa ! Et alors, je ne vais pas ressentir de l'amour inconditionnel ? Tout le monde parle de ça en bas !
— Non. Tu seras bien. Point.

Il écarquille les yeux comme un bagnard qui vient d'apprendre sa perpétuité.
— Ah ! Ben, c'est pas très vendeur ton monde !
— Tu crois que je suis là pour te vendre 'la mort'.
— Tu pourrais au moins faire un effort ? Ça me donne envie de me barrer ton discours. Je vais faire quoi moi, si on ne ressent rien ici ?
— Tu ne feras rien... Tu seras en paix.
— Pff... Franchement ! Super-perspective d'avenir. Je te le dis, heureusement que sur terre, ils ne sont pas au courant ! Ils lutteraient plus pour ne pas mourir.
— T'inquiètes, tu verras, c'est trop bien la paix.
Fin de la conversation. Georges est envahi de paix et sourit. Tony est blasé.

— Après quelques minutes de silence méditatif, Georges décide de se lever et d'avancer. Il modifie son attitude, prenant un air plus partenaliste.
— Si les dieux t'ont choisi, c'est parce que tu as un truc ! Même si tu fais plutôt le malin. Bon, allez ! Maintenant, nous allons retourner voir les dieux. Mais cette fois, je te demanderai de la fermer pendant qu'ils décident de ce qu'ils vont faire de toi.
— Mais c'est quoi ce 'Conseil des dieux' ? Et toutes ces portes numérotées ?
— Tu comprendras quand tu seras un vieux mort ! Allez viens, dit-il en riant.

Tony décrasse son short et vient marcher à côté de lui.
— Alors, écoute bien. Le conseil des dieux décide de la manière dont les âmes devront évoluer en fonction de leur niveau de conscience. Je peux te dire que tu as de la chance, car la porte 972, c'est pour les âmes déjà bien avancées. Parfois, certaines âmes sont affectées au 93. Derrière cette porte, c'est une autre histoire.

Tony n'est pas très préssé de retourner au conseil des dieux. Il se retourne et observe autour de lui.

— OK ! Mais du coup, les autres morts, ils sont où ? Parce qu'on est un peu seuls ici.

— Certains sont revenus sur terre pour apprendre encore, d'autres sont dans d'autres espaces d'apprentissages comme toi.

— Ce n'est pas clair, Georges !

— Je t'explique. Au moment de la mort, sois, tu retournes sur terre, sois, tu vas faire un voyage dans ton Entre-Deux accompagné par ce que vous appelez 'un guide'. C'est là que les dieux choisissent les portes en fonction de ce qui convient aux âmes.

Tony se demande à quel niveau de conscience peuvent être certaines personnes comme les meurtriers.

Georges répond instantanément.

— Il y a une chose que tu dois comprendre, c'est que le bien et le mal font partie de l'équilibre et de l'apprentissage. Certains sont récupérables, parce qu'ils ouvrent leurs consciences. D'autres ne le seront jamais. Leur chemin de conscience sera plus rude et douloureux. C'est leur choix, et cela fait aussi partie de l'équilibre.

Tony refléchit et écoute attentivement.

— Je pense qu'il y a de plus en plus de mauvaises personnes dans ce monde.

— Oui, c'est le cycle de la vie, mais c'est aussi cette évolution matérialiste qui accélère le déséquilibre. Les vibrations négatives grandissent. C'est pour ça qu'on a beaucoup de boulot.

Georges, pressé, enchaîne.

— Bon, si les dieux sont OK, tu auras l'occasion de participer à une mission importante dans très peu de temps. Mais en attendant, laisse-moi gérer avec Ève.

Au moment où le mot Ève claque dans les oreilles de Tony, elle apparaît devant lui dans un nouvel apparat.

Tony ressent toujours une vibration particulière le traverser lorsqu'elle est présente. Mais il ne se l'explique pas. Il est ému, il pensait ne jamais plus revoir la douce Éve.

De jolies ailes dorées ornent son dos et se placent délicatement derrière elle, avec une légèreté de plume.
— Ève, quel plaisir de vous revoir. Vous êtes donc un ange ?
— Je suis la représentation de ce que vous voyez en moi. C'est votre manière de me représenter. Votre représentation de l'ange est le symbole du niveau de conscience que vous me donnez.

Tony admire les ailes qui ornent son dos, il les trouve d'une beauté éclatante. Il pose son regard sur elle, et son cœur s'imprègne d'un profond sentiment, un amour pur et désintéressé. Ce sentiment, loin d'être teinté de désir charnel, est d'une nature nouvelle et inexplorée pour lui.

Eh oh, les tourterelles !? On y va ? On a du travail ! S'exclame Georges d'un air moqueur.

AURORE LARCHER

CHAPITRE 17.
LETTRE A PAPA

Ce matin, Chloé se rend sur la tombe de son père. Le cimetière est baigné par une lumière dorée. Les feuilles des arbres bruissent doucement sous la caresse du vent, et Chloé reste immobile un moment devant la tombe, ses yeux embués fixant la pierre froide.

Elle s'agenouille sur le côté de la stèle. Après un léger coup d'œil pour vérifier qu'elle est bien seule, elle se met à creuser la terre délicatement avec une petite pelle. Elle y découvre une petite boîte bleue en métal. À l'intérieur, une photo d'elle et son père puis une série de cylindres de papier à lettres sont soigneusement enroulés et alignés avec précision. Les rouleaux ressemblent à des cigarettes ; chaque page est délicatement entourée d'un minuscule élastique.

Elle s'apprête à ajouter un nouveau message, enveloppé avec soin.

Papa,

Tu te souviens de nos promenades en forêt quand tu me faisais croire que les arbres avaient des secrets ? Je ne les ai jamais oubliées, ces histoires. J'ai bien évolué depuis, mais je crois toujours que ces arbres me parlent et souvent, ils me parlent de toi.

Aujourd'hui, le président est presque devenu un ami. Souvent, je repense à ce concours de circonstances incroyable qui m'a propulsée près du Président. J'ai toujours eu cette impression que tu étais là à ce moment précis. C'est une pensée qui ne sort pas de ma tête.

Je me rends compte que je te dois beaucoup pour ce que je suis aujourd'hui. Quand je dois agir, je me demande toujours ce que tu aurais fait à ma place. Nous avons la même manière de voir les choses. Je me sens si proche de toi encore. Tes petites moues me manquent.

Parfois, j'ai l'impression que tu es là, comme si tu me guidais et veillais sur moi. Je ne sais pas si tout cela est de l'ordre des possibles, mais ça me fait du bien de le ressentir et cela m'incite à poursuivre ma voie.

Je n'ai toujours pas d'enfant et je n'en aurai sans doute jamais. C'est peut-être ce que je regretterais le plus dans ma vie. La situation du monde et de l'Europe est assez difficile. La guerre est presque à notre porte. Les Hommes deviennent égoïstes. C'est difficile. Heureusement, tu ne vois pas ce monde si dur.

Tout devient de plus en plus complexe. Le président se bat pour maintenir un État sans guerre, mais ce n'est pas simple du tout. Tous les coups bas sont permis et parfois, je crains le pire.

Je t'aime fort.

Ta princesse Fleurie.

Ps : au fait, tu sais quoi ! Maman bosse avec Nicolas dans une entreprise qui organise et gère la sécurité du gouvernement. Vu que je suis chargée des événements présidentiels, il m'arrive de bosser avec eux. On parle souvent de toi, en bien, évidemment. Maman a changé, tu sais. Ils s'aiment bien tous les deux ! Tu serais heureux de voir l'évolution de maman. Je sais qu'au fond de toi, tu l'aimais.

Chloé referme soigneusement la boîte, la replace délicatement au fond du trou et la recouvre de terre avec précaution. Elle dépose un petit pot de fleurs à l'endroit des secrets. Une expression de satisfaction se dessine sur son visage après cette visite. Elle nettoie les quelques branches tombées sur la dalle en marbre blanc et reprend son chemin.

Elle sait que son père n'est pas là, qu'il est désormais plus haut et bien plus loin.

Chloé jette un dernier regard vers le ciel avant de tourner les talons. Elle n'a pas eu le temps de voir le pétale de rose blanche tombée doucement près de la tombe, mais elle quitte le cimetière avec un étrange sentiment de sérénité.

Chapitre 18.
Le passage des secrets

Georges, Tony, Pataud et Ève se retrouvent instantanément projetés devant la porte des dieux.

— Eh, je ne veux pas vous vexer les deux guides, là, mais je n'ai jamais mon mot à dire sur : où on va ! Qu'est-ce qu'on fait ! Et comment on le fait ! Exprime Tony.

Georges regarde d'abord Pataud qui reste calme, puis il se tourne vers Tony en montrant le chien.

— Fais comme ton chien : sois cool !

— Non, mais t'es sérieux. J'ai passé l'âge de ces bêtises. Georges

Georges prend un air grandiloquent et se retourne vers Ève, le regard figé.

— Mais le padawan à son mot à dire. Tu as vu ça Ève ?

Pataud grogne.

Ève commence à supporter difficilement les pitreries des deux hommes. Elle s'interpose et ajoute fermement.

— C'est bon les garçons ! Ce n'est pas le moment ! Si vous êtes là Tony, c'est pour une raison que vous allez mesurer dans un instant. Je vous conseille vivement de bien suivre, et de rester calme. Parler de vous n'est plus d'actualité. Vous êtes une conscience qui appartient à la conscience universelle et en cela, il n'y a plus de vous, de moi, ou de Georges.

La force féminine vient de sonner la fin de la dispute. Les deux mâles baissent la tête et se mettent au pas.

— Entrons maintenant et en silence ! Exhorte Ève.

Au même moment, la porte dorée des dieux s'ouvre doucement

devant eux en grinçant. Nos trois compagnons fâchés se mettent en marche. Ils sont suivis de Pataud légèrement effrayé.

L'ambiance est austère et le lieu, obscur. Les bougies qui éclairent le visage des dieux présents les rendent froids et sinistres, voire effrayants.

Et pourtant, dans le temple, l'ambiance est sereine, le calme règne. Un calme reposant, Divin.

— QUI VA LÀ ? demande Zeus, d'une voix basse et solennelle.

Il frappe alors le sol durement de son sceptre, en faisant frémir les poils de Tony.

À côté d'eux, un gardien du temple, l'épée alignée verticalement contre son buste, répond.

— Maître, deux âmes gardiennes et deux âmes aspirantes sollicitent l'entrée du temple.
— Qu'ils se placent à occident! Déclare avec vigueur Zeus en prenant un air solennel, frisant l'insatisfaction.

Le protecteur du temple, drapé d'une tunique ornée de motifs antiques, fait pénétrer les quatre protagonistes un peu plus loin des colonnes vastement sculptées du temple.

En se fermant, la grande porte en bois massif grince derrière eux, créant un écho qui résonne comme un avertissement.

Le lieu est empreint d'une atmosphère à la fois solennelle et mystérieuse. La lumière vacillante de centaines de bougies, disposées de part et d'autre de la salle, danse sur les murs de pierre, projetant des ombres menaçantes qui semblent murmurer des secrets oubliés. L'air est chargé d'un parfum d'encens et de cire fondue, accentuant le caractère sacré de l'endroit.

Au bout de la salle, s'étend un autel majestueux et doré, sur lequel l'imposant Zeus est entouré de ses pairs, chacun occupant un trône sculpté avec soin, représentant des scènes épiques de la mythologie. Athéna se tient droite avec sa lance étincelante, Poséidon est assis à sa gauche portant son trident, et Artémis se trouve dans l'ombre.

Les quatre protagonistes ressentent un frisson d'excitation mêlé de crainte ; ici, au cœur de ce lieu sacré, le souffle du divin est palpable, et chaque battement de cœur résonne comme un hommage à l'immensité de ce qui les entoure. Pataud et Tony sont entourés de leurs deux âmes gardiennes.

Un autre personnage imposant, assis dans le temple à droite de la porte, leur demande discrètement ce qu'ils veulent.

Ève lui répond en chuchotant

— Nous souhaitons participer au Passage de la porte des secrets. Les âmes aspirantes sont prêtes.

L'homme se retourne vers Zeus et s'exclame d'une voix haute et forte.

— Maître, ces âmes souhaitent participer au 'Passage de la porte des secrets'. Les âmes gardiennes considèrent que ces âmes aspirantes sont prêtes.
— Âmes Gardiennes. Qu'avez-vous à dire à propos de ces aspirants ? Prononce Zeus.

— Ève décide de prendre la parole et lance, d'une voix forte et claire. Les deux aspirants ont œuvré à l'amélioration de notre œuvre. Ils ont travaillé avec zèle pour accomplir les tâches qui leur ont été confiées. Ils sont aujourd'hui prêts à passer au degré supérieur et n'aspirent pas au repos. Maître, les qualités qu'ils présentent seront utiles pour œuvrer dans *le Passage de la porte des secrets*. Leur lumière rayonne bien au-delà du temple.

Ils n'aspirent pas au repos ? Ben voyons - Pense Tony, en essayant de chasser ses pensées.

Au même moment, un coup sourd claque violemment. Zeus vient de frapper vigoureusement la terre de son sceptre, faisant jaillir un éclat blanc lumineux rayonnant dans tout le temple. Tony sursaute. Sa dernière pensée vient instantanément de se liquéfier dans ses chaussettes.

— Que les aspirants me soient présentés ! Zeus parle fort, sans aucune émotion visible.

Tony et Pataud s'exécutent : tête basse, queue entre les jambes. Ils avancent timidement. Les deux tentent de n'avoir aucune pensée qui pourrait contrarier Zeus. Ils se présentent face au grand tribunal du maître des lieux. Le seul bruit audible est le halètement de Pataud qui anime l'instant présent.

Tapis dans l'ombre, les divinités observent, silencieuses et attentives.

D'une voix grave, Zeus dit :

« Je suis Zeus, le maître de l'univers.
Je fais régner sur le monde,
l'ordre, la sagesse et la justice.
Nous avons besoin de renforcer nos rangs
de gardiens courageux,
afin de remettre de l'ordre sur la terre.
ÊTES-VOUS PRÊT ? »

À ces mots, Tony se demande de quoi il parle. Mais, vu la manière dont Zeus le regarde, il a l'impression que sa voie s'est planquée dans son slip.

Alors, il balbutie timidement des mots.

— Euh, nous sommes prêts ! - *C'est pas comme si j'avais le choix.*

Zeus fait mine de ne rien discerner des pensées de Tony et tape brusquement son sceptre au sol. Le coup de sceptre faisait vibrer l'air, et résonne dans les os de Tony.

Il annonce de sa voix rauque

— Plus FORT !

La réponse ne se fait pas attendre. Tony se redresse comme un piquet et récupère son alphabet dans sa bouche.

— NOUS - SOMMES – PRÊTS !

Zeus acquiesce, satisfait. Il jette un regard vers ses pairs avant de poursuivre.

— Mes frères et mes sœurs, avez-vous quelque chose à dire à propos de ces deux aspirants ?

Le dieu Poséidon tape fort dans ses mains et dresse une main en l'air pour prendre la parole.

Zeus le regarde et lui dit.

— Tu as la parole mon frère.

Poséidon se redresse, la posture droite, en direction de Zeus.

— Mon frère, je tiens à signaler que lors des épreuves qui leur seront données, l'âme aspirante Tony DUPONT ne pourra pas affronter l'eau, car il est phobique.

— Tiens donc ! Reprend Zeus. Vous réglerez cela avec lui mon frère. Il devra être prêt à affronter chaque épreuve.

Zeus se tourne alors vers les aspirants.

« Que la volonté de Zeus soit faite !
Âmes Gardiennes,
préparez les aspirants au
Passage de la Porte des Secrets ».

Après le nouveau coup de sceptre qui fait voltiger les pensées de Tony et hérisse les poils de Pataud, Ève et Georges viennent chercher les deux aspirants pour les raccompagner à l'entrée du temple.

Pataud est toujours aussi content. Pour lui l'aventure, c'est l'aventure ! Quant à Tony, il se concentre fortement sur une phrase qui tourne en boucle dans sa tête.

- Je ne pense pas ! Je ne pense pas ! Je ne pense pas ! Je ne pense pas ! Je ne p...-

La porte du temple s'ouvre et nos quatre âmes sortent ensemble sans bruit. Une fois la porte refermée, Tony prend une grande inspiration et souffle.

Georges se tourne vers lui et rit aux éclats.

— Trop marrant ! Tu crois que les dieux n'ont pas entendu tes pensées ? Georges rit tellement qu'il se plie en deux. Arf... Je ne pense pas, je ne pense pas... Ah Ah Ah !

Ève sourit. Tony, désappointé, grimace.

— Quoi ! Je n'avais pas envie de me faire tabasser par le vieux ZEUS ! Ou de me prendre un gros coup de jus avec sa canne électrique ! Vous auriez fait quoi à ma place, hein ? Je n'allais pas lui dire en sortant mes grands airs : Monsieur le Seigneur de l'univers, vous êtes un bon gros prétentieux qui ne se prend vraiment pas pour de la merde !

Ève rit de bon cœur et la voir heureuse apaise Tony.

— Il sait ce que vous pensez. Vous ne pouvez rien cacher ici. Avec bienveillance, elle ajoute. Vous êtes encore une âme en apprentissage. Vous le respecterez quand vous aurez évolué. Rien de grave dans tout cela. Il est habitué.

Le nouvel aspirant regarde Georges et entend.

— Ben oui mon gaillard, tu es juste un p'tit novice !
— Je te hais, Georges
— Oui, moi aussi, je t'aime
— Ça va tous les deux ! On se reprend maintenant.

— Ève s'affirme et propose aux deux belliqueux de prendre le chemin de la porte des secrets.

Tony est grognon.

— Je ne bougerai pas d'ici tant que vous ne m'aurez pas dit tout ce cirque. C'est quoi la porte de secrets ?

La jeune femme se pose un moment et prend un air grave.

— C'est vrai Tony, vous avez le droit de savoir. En ce moment, de nombreuses âmes terrestres ont été rappelées dans l'Entre-Deux pour se préparer comme vous Tony. La terre vit une phase d'évolution majeure. Les risques d'une rupture de l'équilibre sont très forts. Vous êtes ici pour anticiper des cataclysmes planétaires.
— Des cataclysmes ? Mais comment ça ?
— Chloé et Nicolas font partie du plan visant de rétablir la toile ce sera très dangereux pour eux.
— Je vous amène avec moi pour vous expliquer.

Tony est inquiet pour sa fille et son ami. Il sent que cette porte des secrets ne lui amènera rien de calme. À ce moment-là, il se retrouve projeté avec Pataud dans un autre espace avec Ève.

Chapitre 19.
La mission

Après être passés rapidement à travers un jet de lumière rapide et étrange, une sensation de vertige enveloppe Tony, comme s'il flottait entre deux mondes, jusqu'à ce que ses pieds touchent un sol solide. Il ouvre les yeux.

Ève, Pataud et Tony se trouvent dans un salon vaste et imposant, au cœur d'un château anglais d'une élégance intemporelle. Les murs, ornés de boiseries sombres et de portraits ancestraux, semblent porter le poids des siècles. Des chandeliers scintillent au plafond, diffusant une lumière chaude qui danse sur les dorures des cadres. Un feu crépite doucement dans une cheminée massive en pierre, son odeur boisée se mêlant à celle, subtile, du cuir vieilli et de cire.

Tony fait un tour sur lui-même, impressionné malgré lui. Il hausse les sourcils, pose une main sur un fauteuil en velours vert émeraude.

— Donc, si je m'assois là, je vais ressentir les fesses d'un lord du XVIIIe siècle ? Fascinant.

Ève éclate d'un rire léger, cristallin, mais ses yeux restent sérieux.

— Vous plaisantez, mais vous n'avez pas tort. Ce lieu est chargé de mémoire. Et c'est pour cela que nous sommes ici.

Pataud va s'installer tranquillement près de la cheminée, sur le tapis anglais, sentant sous ses pattes le confort de la laine épaisse et douce.

Tony fronce les sourcils, un sourire narquois au coin des lèvres.

— Bon, j'imagine que ce ne sera pas aussi simple que de prendre un thé avec la Reine. Alors, cette mission de haute importance, qu'est-ce que c'est ?

Ève s'approche de la cheminée et fixe les flammes qui dansent avec une intensité étrange.

— Ce château est un point de convergence. Il a été témoin de décisions qui ont changé le cours de l'histoire… Et il le sera encore.

Un frisson parcourt Tony, mais il garde son masque d'indifférence.

— Vous ne pouvez pas juste me donner une liste de choses à faire ? Une bonne vieille check-list ?

— Votre rôle, Tony, ne sera pas d'exécuter des ordres. Vous serez ici pour écouter, ressentir, et agir. Ce salon, ce château, sont liés à l'avenir que vous devrez influencer.

Ève lève les yeux vers les murs de pierre froide, son regard est sérieux mais calme.

— Il faut que vous sachiez que depuis quelques années déjà, la terre extériorise ses entrailles survoltées, et ce n'est que le début. Elle est comme un organisme en pleine crise. Imaginez des boutons d'acné qui éclatent à la surface… Sauf que là, ce sont des volcans, des tremblements de terre. Elle tente de se nettoyer, mais elle est saturée. Le vent doit souffler plus fort, plus violemment, pour balayer les vibrations négatives accumulées. Cela donne des tempêtes, des ouragans, plus brutaux à chaque fois.

Elle marque une pause, observant Tony pour s'assurer qu'il suit.

— Le feu est de plus en plus actif et violent, balayé par l'air. Et la mer… Elle, elle essaie de lessiver les parasites, de protéger ses profondeurs rongées par l'ébullition terrestre.

La terre lutte pour retrouver un équilibre. Et les Hommes amplifient le phénomène en saturant la terre. Tout va très vite. Les Hommes se noient dans cette vibration de colère et de haine. Ils se perdent et sont parfois prêts à provoquer des cataclysmes mondiaux.

Tony reste silencieux un instant, les mots d'Ève résonnant en lui. Il regarde le sol sous ses pieds, comme s'il pouvait ressentir la douleur qu'elle décrit.

— Vous avez raison, dit-il finalement, la voix empreinte de gravité. De mon vivant, j'avais parfois cette sensation étrange, comme si l'atmosphère elle-même changeait. C'était subtil, mais bien là. Les gens semblaient plus tendus, plus nerveux, comme si une pression invisible pesait sur eux. Ce n'était pas qu'un problème de météo ou de catastrophes naturelles. C'était... Un climat d'insécurité qui devenait insupportable, presque palpable.

Ève esquisse un sourire triste.

— Vous l'avez ressenti parce que vous êtes sensible à cette vibration, Tony. La terre ne crie pas avec des mots, elle crie avec le vent, le feu, et les vagues. Ceux qui s'arrêtent pour écouter peuvent comprendre... mais ils sont rares. En ce moment, nous les récupérons près de nous pour soutenir l'équilibre.

Il observe avec émerveillement l'intelligence de cette femme ailée qui se dévoile à lui, chaque détail de son être semblant rayonner d'une sagesse infinie.

Il ressent un lien profond avec elle, comme si un doux aimant l'attirait vers elle, l'enveloppant d'une chaleur réconfortante. Pourtant, au fond de lui, une petite ombre s'installe. Son ignorance de l'invisible et sa crainte de ne pas être à la hauteur de cette mission importante et divine l'effraie.

Il lutte avec ces préoccupations, partagé entre le désir de se rapprocher d'elle, et la peur de la décevoir.

Ève le regarde avec douceur.

— Dans cette mission, votre rôle Tony sera de descendre sur terre pour intégrer le corps d'une personne afin de pouvoir observer et transformer le futur. Vous serez plusieurs âmes à le faire. Vous utiliserez tout ce que vous avez appris jusqu'ici.

Il est surpris par ce qu'il vient d'entendre, n'imaginant pas que les âmes pouvaient faire ce genre de choses étranges.

— Si je comprends bien, je vais devoir retourner sur terre et entrer à l'intérieur d'une personne. Alors, cela signifie qu'il y aura deux âmes dans le même corps ?

— Disons que l'âme du corps dans lequel vous irez sera ponctuellement en sommeil. Vous devrez vous coordonner avec l'esprit de cette personne pour faire en sorte qu'elle réalise votre mission.

Tony s'interroge.

— Voulez-vous dire que je vais devoir parler à son esprit ?

— Oui, c'est cela. C'est l'esprit qui fait le lien entre le cerveau et l'âme, mais cela est bien plus simple qu'il n'y paraît.

Tony se demande encore dans quelle mesure il pourra réaliser cela. Les challenges qu'on lui propose sont de plus en plus complexes, mais il sait cependant que ses apprentissages ne dépendent plus de son cerveau. C'est dans le lâcher-prise que résident les solutions.

— Franchement, je n'ai aucune idée de la manière de faire. J'imagine que je vais devoir utiliser les éléments, l'air, le feu, l'eau. Parler à l'esprit qui est je ne sais où ! Et faire en sorte que cet esprit guide la personne dans la bonne direction.

— C'est à peu près cela.

— Et j'imagine que ce sera simple. Bien sûr ?

Tony n'est pas à l'aise et il sent qu'Ève est sur la réserve.

— Disons que cela dépendra de la personne intégrée.

— Ah !

— Mais vous vous en sortirez très bien et nous serons là pour vous guider.

— D'accord et la mission, c'est quoi ?

Ève baisse la tête et dit :

— Empêcher qu'une bombe nucléaire ne soit lancée sur la Pologne.

Les yeux exorbités et la tête décomposée, Tony avance.

— C'est une blague ? demande-t-il, dans l'attente d'une contestation.

Elle approuve

— Non ce n'est pas une blague. Les missions de l'Entre-deux sont de cet ordre-là. Nous anticipons le pire.

Elle pose une main légère sur son bras, son regard plongé dans le sien.

— Je crois en vous. Vous avez plus de force en vous que vous ne le pensez. Les dieux vous ont choisi et ce n'est pas pour rien.

Tony vient de se prendre un coup de massue qui résonne dans son cerveau imaginaire. Sa tête dégouline comme une glace à la fraise au four. *Non, mais ils sont malades ! Rendez-moi ma vie que je me tire d'ici !*

Il se recule et regarde Ève avec des yeux de chien battu, et en montrant Pataud.

— Non, mais sérieusement, vous nous voyez accomplir une mission pour sauver le monde ?

Il se laisse tomber sur un fauteuil. Désespéré, il ajoute.

— Les dieux ont fumé ou quoi ? Sérieusement ! Ils n'ont pas des personnes plus sérieuses que moi pour ce genre de mission ?
— C'est très sérieux ! Mais vous ne serez pas seul. D'autres âmes sont affectées avec vous pour coordonner l'ensemble de la mission. Il y a tant de difficultés sur terre que nous sommes en sous-effectifs et nous formons des âmes comme vous. Quant à Pataud, il sera en support à votre mission.
— Eh ben dis donc. Ça ne recrute pas des élites ici !

Ève baisse la tête.

Au fond, Tony sait qu'il ne coupera pas à cette mission. Il tente de prendre cette charge avec philosophie et de se résigner à faire son devoir.

— Si au moins Dieu avait pu me fournir une tête de héros pour sauver la planète ! Ça m'aurait donné du baume au cœur. Bon, que dois-je faire au final ?
— Vous allez vous retrouver en présence du Président de la Russie et l'empêcher de déclencher la bombe. Pour le reste, nous gérerons.

— Oui, évidemment. Trop facile ! Le président de la Russie. J'avais oublié qu'il était dans mon carnet d'adresses.

Ève prend la main de Tony et ferme les yeux. Il ressent alors un fluide de calme se propager dans tout son corps.

— Ne vous inquiétez pas, tout concordera. Il faudra seulement jouer votre rôle en utilisant ce que vous avez appris ici.

Au moment où elle prononce cette dernière phrase, Tony est violemment aspiré par les profondeurs. Son siège voltige et il dévale plusieurs centaines de mètres de nuages à une vitesse vertigineuse. Il termine sa course infernale brutalement dans la mer baltique.

CHAPITRE 20.
LES DIEUX S'EN MELENT

La morsure glaciale de l'eau s'insinue jusqu'à ses os. Chaque vague semble le frapper comme un coup-de-poing, le projetant encore plus loin dans l'immensité sombre. Le sel brûle ses yeux, et ses muscles, lourds de fatigue, refusent de lui obéir. Chaque respiration devient un combat, l'air est arraché à ses poumons avant qu'il ne puisse le retenir.

Il se bat désespérément, mais le courant l'attire toujours plus bas. Les rugissements du vent et des vagues assourdissent ses pensées.

Une douleur sourde monte dans sa poitrine, un mélange de panique et de résignation. - *Est-ce comme ça que tout finit ?* pense-t-il, la vision de Chloé enfant éclipsant un instant l'obscurité environnante.

Il ouvre la bouche pour crier.

— Ève !? Georges !? Pitié, je vous en prie, aidez-moi !

Il continue de crier, mais à chaque appel, il ingurgite de l'eau. Il cherche du regard autour de lui, mais ne voit personne.

Au bout de quelques minutes d'angoisse et de gestes inconsidérés, il se met sur le dos pour mieux respirer et observe qu'il arrive péniblement à flotter.

Il s'épuise à chaque mouvement. Il est maintenant à bout de forces.

Sentant que ses derniers instants sont proches, il regarde une dernière fois autour de lui et prie son dieu avec dévotion pour trouver un objet lui permettant de se rattraper. Rien. Pas un objet. Pas un bateau. Personne.

Sa respiration ne se fait maintenant que par à-coups. Ses dernières forces le lâchent. Alors, dans un dernier combat acharné, il résiste aux vagues tumultueuses de la mer Baltique.

Mais la mer décide de l'engloutir inévitablement et sans pitié. Elle emporte avec elle ses cris étouffés. Son corps se laisse glisser dans les profondeurs. L'eau s'infiltre dans ses membres refroidis et commence à brûler ses poumons. Tony sombre dans l'oubli.

Ses yeux, encore ouverts, scrutent difficilement les abysses. C'est la fin.

Dans ses ultimes instants d'asphyxie. Il remet à la mer ses trois dernières pensées :

— Ma princesse, je t'aimerais éternellement.
— J'aurais dû apprendre à nager.
— C'est trop con de mourir comme ça.

17 secondes passent.
— 1. Je suis mort.
— 2. Je vois une silhouette sombre.
— 3. C'est Dieu ?

Alors qu'il flotte dans les profondeurs, Tony sent quelque chose changer en lui. Ce n'est plus une lutte pour survivre, mais une étrange acceptation. L'eau, qu'il a toujours redoutée, semble maintenant le porter. Chaque courant, chaque mouvement l'entoure comme une étreinte bienveillante.

Pour la première fois, il ne cherche plus à fuir. Il ressent que l'eau n'est pas une ennemie, mais une force, une énergie qui fait partie de lui. Une voix intérieure, douce et calme, murmure.

— Laisse-toi porter, Tony. Tu es une partie du tout.

Il ouvre les yeux, et la lumière dans les profondeurs semble briller plus intensément. Un calme profond envahit son esprit, et il sait maintenant, sans comprendre comment, qu'il est prêt.

— Âmes Aspirantes Tony, comment te sens-tu ?

Cette voix profonde résonne comme celle d'un géant mystérieux se tenant juste devant lui, dont les contours lui échappent encore. Elle est lourde, grave et empreinte d'une obscurité captivante.

— Mortel ? Gronde Poséidon, ses yeux scintillants comme des orages sous-marins. As-tu enfin achevé ta tragédie humaine ?

Tony ouvre les yeux plus grands. Il est au beau milieu des profondeurs marines. Il a l'impression de se sentir bien. Il regarde ses mains se mouvoir dans l'eau.

— 4. Je ne suis pas mort !
— 5. Je suis léger !
— 6. Merde, quel con ! Je ne suis forcément pas mort. C'est Poséidon !…

Le dieu Poséidon est éminemment puissant. Sa stature en impose.

Tony pense - *Punaise, il est comme dans les films celui-là : fort, puissant, une tête de malfrat méchant, des cheveux grisonnants et un trident ! Il n'a pas l'air commode ! Et moi, j'ai l'air débile. Ça craint !* -

Alors Tony s'exprime en tremblant, l'air un peu décontenancé.

— Oui, je sais que je suis déjà mort. Mais j'ai eu un moment d'égarement ! Désolé.

Tony espère que le vieux Poséidon ne va pas piquer une colère.

— Comment te sens-tu ? Jeune Padawan !

Padawan ? C'est plutôt chaleureux ça ! se dit-il.

— Je me sens comme un poisson dans l'eau ! Répond Tony.
— Et ta peur de l'eau ?
— Eh bien, en tant que mort, je dirais que tout va bien maintenant !

Alors qu'il remonte doucement vers la surface, baigné par une lumière douce et diffuse, une voix grave résonne dans les profondeurs, comme un grondement venu des abysses.

— La peur. Gronde Poséidon. Sa voix résonne comme un tonnerre sous-marin. Elle n'est pas ton ennemi. Elle est un maître cruel, mais nécessaire. Ce n'est qu'en l'acceptant que tu apprendras à la dépasser. Souviens-toi, mortel, elle n'a de pouvoir que celui que tu lui donnes.

Un coup de tonnerre se fait sentir et Tony ouvre les yeux brusquement. Son corps est projeté à grande vitesse.

Chapitre 21.
L'univers

Tony est de retour dans l'Entre-Deux, mais une goutte d'eau salée glisse le long de son visage, comme un dernier avertissement.

Ève l'observe

— Vois-tu comme il est difficile de sortir de ta condition humaine ? Tu es toujours dans cette croyance que tu es vivant et cela est ancré dans ton âme. Sors de ta carapace humaine.

— J'ai été minable !

— La peur est toujours le dernier obstacle à ce genre de mission. C'est la plus difficile des émotions. Souvent, il faut une confrontation terrible pour qu'elle s'efface.

Notre homme se sent comme un enfant qui vient de montrer un carnet de notes minables à sa mère. Il baisse la tête.

— Oui, c'était un réflexe de peur et je suis resté coincé dans cette crainte.

— Il faut que tu oublies ce que tu as appris en tant qu'humain. Maintenant, la seule limite, c'est toi qui te la donnes.

Alors que Tony s'interroge sur la raison de ce nouveau tutoiement qui ne lui déplaît pas, elle s'éloigne avec une certaine assurance avant de se retourner, lui dévoilant son dos avec une délicatesse énigmatique.

— Regarde mes ailes, Tony. Elles ne sont qu'une projection de ton imagination, mais elles contiennent une vérité. Cette vérité…c'est toi. Ce que tu crées ici n'est pas une illusion, c'est une extension de ton âme. Ce sont tes peurs et tes illusions qui leur donnent forme.

Tony fixe les ailes, hypnotisé.

— C'est incroyable, tout semble … Si réel et irréel à la fois. C'est comme si je marchais dans un rêve.

Ève lui répond avec douceur.

— Parce que ce monde est réel, mais d'une autre manière. Ici, tout commence dans tes anciens schémas. Tes créations ne sont pas des chimères : elles sont le reflet d'une évolution de toi-même.

Tony accueille cette réalité au fond de son être. Il sent un étrange apaisement l'envahir, comme si quelque chose en lui venait d'accepter la vérité qu'Ève essayait depuis quelque temps de lui transmettre. Une étincelle de compréhension éclate dans son âme.

À ce moment, il observe Ève se métamorphoser devant ses yeux. Elle disparaît immuablement et abandonne sa matière doucement pour laisser place à une forme longiligne, transparente et lumineuse. La forme s'allonge encore et devient plus fine. De longues jambes et des bras longilignes lumineux apparaissent. Elle ressemble maintenant à une créature filiforme venue d'ailleurs. Elle est translucide et éclairée de l'intérieur.

— C'est mieux. C'est beaucoup mieux, prononce-t-elle, alors que sa bouche n'est plus.

Il l'observe avec attention et comprend de mieux en mieux pourquoi la parole est inutile ici et pourquoi les pensées se substituent aux mots. Il la trouve belle dans cette forme inhumaine. Il se dit qu'il la trouverait belle sous n'importe quelle forme.

Alors que le corps de Tony devient également translucide, il sent une étrange légèreté l'envahir, comme s'il abandonnait une partie de lui-même.

— Qu'est-ce que je deviens ? Qui suis-je sans mes limites humaines ? Et si je m'effaçais complètement ?

Il ferme les yeux un instant, cherchant une ancre dans ce nouveau chaos. Il flotte maintenant, au même niveau qu'Ève, et ressent pleinement la justesse du moment.

Toujours sans parler, elle s'exprime avec sa conscience.

— C'est un pas. Un très bon pas. Toutes les expériences que tu réalises ici, permettent à ton âme de se retrouver. Un jour, tu fusionneras avec la conscience universelle et ce sera l'apprentissage le plus merveilleux qu'il soit pour toi.

Tony s'exprime à présent comme Ève.

— Comment cela peut-il être merveilleux de ne plus exister en tant qu'être ?
— La matière fige l'âme dans un individu pour lui apprendre à ressentir. Chaque émotion humaine est une clé, une vibration qui ouvre des portes et anime des réflexions. Elles se relient à l'âme. Sans matière, l'âme est, au fur et à mesure, fondue dans un tout connecté à la conscience universelle. Elle sait tout... Elle sent tout.

Tony se dit qu'un jour viendra où il comprendra finement toutes ces choses abstraites.

— J'ai une autre question. Si j'ai représenté les dieux grecs et que cela n'est pas juste. Alors, qu'est-ce qui est juste ?

Ève l'emmène dans un nouvel endroit. Ils sont alors propulsés au beau milieu de l'univers. Tony flotte, léger comme une plume. Il observe autour de lui le vide sombre de l'univers, les étoiles, les planètes qu'il ne connaît pas. Ève brille à côté de lui.

— Laisse-toi guider, je t'emmène. Laisse-toi faire.

Tony est alors propulsé à une vitesse vertigineuse dans l'espace. Il traverse le vide, puis la surface de plusieurs planètes et semble y distinguer de la vie, sans avoir le temps de s'y arrêter.

Chaque monde qu'il traverse semble murmurer une histoire, une vérité qu'il ne peut encore saisir. Alors qu'il glisse entre des édifices translucides, il se demande combien de ces lieux existent, invisibles à l'œil humain. Est-il prêt à comprendre cette immensité qu'Ève lui dévoile ? Ses pensées sont interrompues par un éclat lumineux : un nouveau monde se dessine devant lui, il traverse des édifices gigantesques translucides, sobres, sans décoration et sans vie. Il croise des gratte-ciels faits de matière gélatineuse et transparente. Il les survole sans se heurter à aucune substance.

Puis, il se dirige vers d'autres galaxies, là ou d'autres mondes lui sont présentés, tous différents et habités. Les espèces ne sont pas semblables à ce que l'on retrouve sur terre et pourtant, il semble que leurs formes rappellent vaguement les animaux, les végétaux ou les poissons de la terre. C'est comme si la vie avait un socle commun.

Ève et Tony s'arrêtent pour contempler des formes de vie qui semblent respirer la sagesse.

Ils se trouvent alors dans une eau blanchâtre où il voit de grandes espèces sous-marines ressemblant vaguement à des raies Manta géantes. Elles sont transparentes et allumées de l'intérieur comme si elles avaient avalé plusieurs ampoules. Elles naviguent tranquillement et semblent voir nos deux compagnons sans s'en inquiéter un instant.

Ève s'arrête et lui montre les raies.

— Tu vois, cette espèce est organisée. Elle vit en système intelligent, bien plus intelligent que l'être humain. L'espèce a développé le sens de l'entraide. Ce sont des Wallis, qui malheureusement vont mourir, car leur planète se rapproche dangereusement d'un trou noir qui finira inévitablement par détruire leur planète et tout ce qui s'y trouve.

Ils reprennent leur route à une vitesse fulgurante pour y voir d'autres formes de vie plus ou moins évoluées. Tony a le temps de percevoir sur l'une des planètes des formes ressemblants étrangement à l'extraterrestre de Roswell.

Se tournant vers Ève, il dit.

— Ils ressemblent étrangement à une représentation extraterrestre que nous connaissons bien, sur terre !

— Tu as raison ! - Reprend-elle. - Il y a plusieurs milliers d'années, ces êtres ressemblaient aux humains. Cependant, une grande différence s'est faite dans leur évolution. Nous les appelons les Ûmmis. Ils avaient choisi la voie de l'ouverture de conscience plutôt que celle du matérialisme. Ainsi, ils ont développé de fortes capacités de conscience qui leur permet de déployer des capacités de télépathie, de clairvoyance et de psychokinésie.
— Au-delà de cela, ils ont également acquis une grande sagesse et un respect sans faille pour le vivant. Parfois, ils rendent visite à la terre pour observer l'évolution humaine. Ils nous aident aussi à éviter des catastrophes nucléaires engendrées par les Hommes. Les Ûmmis seraient un bel exemple pour les êtres humains, mais l'Homme n'est pas encore prêt à comprendre ce modèle de civilisation. –

— Pourquoi aident-ils les humains ? s'interroge Tony.
— Parce qu'ils étaient identiques aux humains, il y a des milliers d'années. Ils étudient donc l'évolution humaine sans interférer, mais en essayant toujours de leur donner une chance d'évoluer en sagesse et en esprit.

Ève prend doucement la main translucide de Tony, l'entraînant dans les méandres enchantés de l'univers. Ensemble, ils traversent des paysages stellaires d'une beauté à couper le souffle.
— Regarde ? exprime Ève, son visage illuminé par l'éclat des astres. - Chaque étoile a une histoire, un murmure des temps anciens.

Tony, le cœur battant d'excitation, se laisse porter par cette aventure mystique. Il réalise que dans ce grand ballet cosmique, il n'est pas seulement un spectateur, mais un participant, l'âme vibrante et vivante de ce moment extraordinaire.

Puis, dans un éclat éblouissant, les deux lumières se rétablissent instantanément l'une devant l'autre, comme si l'univers lui-même orchestrait leur danse avec une harmonie parfaite. Il n'y a eu aucune secousse, aucune décélération, juste une fluidité incroyable, un passage en douceur entre les dimensions.

— Wow... Je n'avais jamais imaginé que l'univers puisse être... Aussi vivant. Ces mondes, ces créatures, tout est tellement... Familier et pourtant si étrange. Et ces raies qui semblaient nous sourire ! C'est triste de voir cette planète en perdition. On ne peut rien faire pour cela ?

Il sent le sourire d'Ève à travers la vibration qu'elle émet.

— Ces mondes sont l'œuvre de la conscience universelle. Pour des Wallis, c'est leur destin d'évolution. C'est vrai qu'ils se sont développés depuis des milliards d'années, mais cela fait partie de l'équilibre. Tout meurt et tout renaît et elles le savent. La terre, sera un jour, amenée à mourir également, là ou d'autres planètes naîtront.

— Et tous ces mondes sont gérés par un divin ? Demande Tony.

— Le Divin au sens où tu peux l'entendre est une façon de rassurer l'homme. Pour que tu comprennes mieux, c'est comme dans un corps humain, chaque particule concourt à ce que toutes les fonctions humaines soient le plus harmonieuses possibles. Elles savent ce qu'elles ont à faire, le font avec plaisir, communiquent, s'entraident et se relayent parce qu'elles sont guidées par la source que nous pourrions appeler, 'la source divine'. C'est identique pour toute conscience. Tout est organisé de façon équilibrée.

— Mais qui organise tout cela ? demande Tony dans l'attente d'une réponse plus concrète. S'il n'y a pas de chef, c'est le bazar ?

— Toi Tony ! Lorsque tu étais vivant, avais-tu besoin de gérer les particules de ton corps pour qu'elles fassent battre ton cœur ou qu'elles digèrent tes aliments ?

— Non !

— Eh bien, c'est la même chose pour l'ensemble de l'univers.

Tony, le cœur apaisé, peut admettre cette vérité. Elle résonne en lui avec une clarté naissante. Cette notion réconfortante d'unité lui apporte une profonde sérénité. Il se sent moins seul dans l'immensité de l'univers.

Les questions fusent dans son esprit.

— Alors, si je suis une part divine, pourquoi tu es là pour moi ?

— Parce que tu as encore besoin d'être guidé pour devenir autonome. C'est cela l'entraide des âmes.

Cette réponse ne le satisfait pas. Bien qu'il ait trouvé réconfort, il aurait espéré des mots plus tendres de la part d'Ève.

Au fil de leurs échanges, Tony s'est peu à peu attaché à cette étrange femme, dont l'âme se dévoile maintenant avec une ample profondeur. Il la regarde, émerveillé, et ressent une connexion intime avec son cœur, comme si une invisible liaison les unissait.

Cette proximité, bien qu'inaltérable, échappe à sa compréhension. Il lui semble avoir connu cette femme depuis toujours, comme une complice, une sœur, voire une compagne. Tony ne peut s'empêcher de se laisser emporter par cette sensation, se demandant si ce sentiment est partagé.

Il se tourne alors vers elle, espérant qu'elle exprime ses propres émotions. Il voudrait entendre des mots et des réponses qui renforceraient leur lien.

Souhaitant encourager le destin. Il tente.

— Et pourquoi toi ?
— Parce que je l'ai choisi.

Tony sait que la discrétion d'Ève ne lui permettra pas de dévoiler davantage ses sentiments. Pourtant, il ne peut ignorer la douce vibration qui émane d'elle, une harmonie subtile réglée sur la sienne et il sait ce que cela signifie. Dans ce langage silencieux, il a l'assurance qu'elle ne peut lui mentir.

Gênée par les nouvelles compréhensions de son jeune apprenti, elle l'emmène alors, dans un autre espace de l'univers et lui demande de regarder.

— Qu'est-ce que je dois voir ?
— Les âmes originelles.
— Mais il n'y a rien.
— Observe bien, Tony !

Tony distingue des formes plus ou moins fluides et plutôt loin.

— Il y a sur la gauche une nébuleuse qui ressemble à la nébuleuse d'Orion, je la reconnais. Elle est magnifique. Et puis, je vois des sortes de filaments de couleurs qui s'étalent comme des chemins qui se croisent et se dispersent.

— Mais regarde encore de plus près ?

Tony se rapproche. Il se retrouve alors dans la nébuleuse et observe que des milliers d'âmes sont là : longues, translucides et fines.

— Qu'est-ce que c'est ? demande Tony.
— C'est une pouponnière. Une pouponnière d'âmes. Elles se préparent dans l'attente de savoir où elles vont s'épanouir. En attendant, elles apprennent à devenir autonomes.

Tony est surpris par ses mots. Il observe plus près. Il voit des formes comme des œufs. D'autres formes gravitent autour d'elles.

Progressivement, il distingue une concentration de petites boules lumineuses éclatantes. Tout d'abord, calmes et alignées les unes à côté des autres, telles des perles, les lumières entament ensuite une valse harmonieuse, formant un cercle parfait comme si elles exécutaient une danse gracieuse.

Après s'être reposées de nouveau en parfaite symétrie, elles s'élèvent et commencent à créer des formes géométriques. Un triangle, un carré, un cercle... Les figures se structurent puis se déconstruisent rapidement pour élaborer des motifs de plus en plus complexes : un cube, une fleur de vie, une pyramide et d'autres formes géométriques incroyablement élaborées. À chaque seconde, la géométrie évolue et s'intensifie dans un rythme effréné.

— Tu vois, elles apprennent. Elles se coordonnent, se soutiennent, et se transmettent de l'énergie pour créer un ensemble mathématiquement parfait et spirituellement harmonieux et équilibré.

Le spectacle est fascinant, Tony se sent profondément impressionné par ce qu'il vient de vivre. Ève lui explique alors que le moment est venu pour lui de retourner sur terre afin d'accomplir sa mission.

— Je pense que tu l'as compris. Les âmes sont là pour se soutenir. Tu ne seras jamais seul. Pendant la mission qui t'est attribuée, tu auras du soutien si tu le demandes. C'est à toi d'avoir confiance en ce que tu es aujourd'hui. Tu devras veiller à ne pas te perdre dans d'anciens mécanismes humains. Et tout ira bien. Allons-y.

Tony sent le poids de tout ce qu'il a appris jusqu'ici. Ces visions, ces révélations, ces vérités universelles… Toutes convergent vers une seule question

— Suis-je prêt ?

Il lève les yeux vers Ève, cherchant un signe, une confirmation. Mais elle n'est plus là, disparue dans la lumière.

Chapitre 22.
La terre

— Hou là ! Ça faisait longtemps ! Je ne peux pas vraiment dire que tu m'aies manqué, exprime Tony en voyant Georges arriver au loin.
— Oui, mon petit poulet. Moi, tu m'as manqué !

Cette familiarité amuse Tony. Georges est visiblement de bonne humeur.

— Bon, alors on y va dans ce tunnel spatiotemporel ! Tu es prêt ?
— Prêt, je ne sais pas. Mais allons-y ! On verra bien. De toute manière, qu'est-ce que je risque puisque je suis mort.
— OK, et tu n'as rien oublié là ?

Georges affiche un sourire amusé. Il se place face à Tony, déployant son corps avec exagération, comme si ce dernier avait négligé de lui dire à quel point sa nouvelle tenue était à son avantage.

— Oublier quoi ? s'agace Tony.

Georges lève la tête en soufflant. Il n'est pas vraiment surpris par la réponse du jeune padawan. Il le regarde, lève les bras et gonfle ses muscles comme un bodybuilder puis se pose devant lui avec une moue de petit minet qui attend en agitant ses biceps.

— Regarde-moi ! Penses-tu que je pourrais m'infiltrer dans un corps avec cette musculature ? Tu as fait de moi un être magnifique, mais avec ces biscoteaux, je ne vais pas pouvoir rentrer dans un humain !

— Tu veux dire que je te vois encore comme un être humain, c'est ça ?

— C'est ça ! Mais sache qu'il y a une chose que je ne regretterai pas. C'est la petite bistouquette que tu as mise dans mon slip - Dit-il en riant.

— Je ne comprends pas. Ça veut dire que tu viens en bas avec moi ?

— Quelle pertinence !

Tony prend un air taquin.

— Et donc, si je ne t'enlève pas tes muscles, tu ne viens pas, c'est bien ça ? demande Tony avec un petit air satisfait.

— Arrête tes bêtises, mon petit. Tu le sais que je viendrai quand même, mais c'est à toi de me transformer. Ça fait partie de ton apprentissage. Alors, j'attends !

Après une courte réflexion, Tony décide de faire son devoir, d'autant qu'effacer Georges de sa vue le satisfait pleinement. Alors, il fait ce que Ève lui a appris.

Il se détend, relâche toute pensée et se laisse simplement retrouver sa paix intérieure en s'imaginant que ce qu'il ressent est déjà une réalité.

Et Georges se met à disparaître doucement. Sa peau s'efface et il commence à s'illuminer de l'intérieur. Il devient de plus en plus longiforme et translucide. Ses bras s'allongent et...

— C'est quoi ça, Tony ? Arrête tes bêtises !

Georges devient une forme transparente, lumineuse et effilée, mais Tony a choisi de modifier quelque peu certains détails.

Georges se balade totalement translucide, mais revêtû d'un vieux slip kangourou blanc, plutôt mal rempli.

Tony se tord de rire. Il décide de laisser le slibard se trimbaler quelques minutes.

Pataud, tout étonné, regarde l'objet avec une attention soutenue et remue la queue. En l'espace de quelques secondes, le chien s'élance à l'assaut de ce nouveau jouet.

Le slip pris d'une crise d'affolement, s'agite au beau milieu des nuages alors que Pataud, dans une course effrénée, poursuit activement sa nouvelle proie. Il a l'air heureux.

— Pataud, aux pieds ! exhorte Tony.

Pataud s'immobilise. Les yeux grands ouverts scrutant les moindres mouvements du slip, il continue de remuer sa queue, prêt à bondir.

Le slip kangourou se rapproche alors rapidement de Tony qui d'un ton nonchalant, observe la scène avec un sourire retenu.

— OK, ça va, Georges. C'est bon.

La récréation étant terminée, Tony se remet en état de méditation et le vieux slip disparaît.

Cette distraction ayant eu son effet, nos trois compères changent de vibration.

— Pataud est déçu.
— Georges boude.
— Tony est comblé.

— Tu es prêt ! exprime Georges mécontent. Je préfère que tu saches, qu'en bas, c'est nettement moins drôle. Alors, ressaisis-toi.

Les deux entités suivies de Pataud se rapprochent d'un grand vortex lumineux et profond. Tony regarde avec attention.

— C'est donc ça le fameux passage qui nous relie à d'autres dimensions ! -

De l'Entre-Deux, le vortex ressemble à un anneau tournoyant. C'est comme plonger dans un cyclone, pense Tony. Les contours translucides sont animés par des filets lumineux de couleurs multiples. De là où ils se trouvent, ils peuvent voir la terre, telle une bille d'un bleu intense au milieu d'un océan nocturne.

— Merveilleux ! Comment imaginer qu'une chose pareille puisse exister !

Georges ordonne à Pataud de les attendre ici, mais de surveiller et le prévenir s'il sent le moindre danger. Pataud est en confiance et se couche tranquillement près du phénomène.

Tony et Georges sautent alors en même temps dans le vortex laissant Pataud les regarder tomber.

Cette fois-ci Tony prend le temps de contempler tout ce qu'il se passe. Plus il ressent le vertige de la descente, plus sa lumière intérieure s'intensifie. Une profonde légèreté et un calme absolu l'habitent. Il regarde Georges et s'aperçoit qu'il est irradié de lumière. Les deux lumières prennent de la vitesse pour se séparer l'une de l'autre. Chacune file vers deux destinations inconnues.

Tony se retrouve maintenant dans une obscurité étrange, différente de celle qu'il connaît dans l'Entre-Deux. Il tente de bouger, mais tout lui semble… Étriqué. Une sensation étrangère l'envahit : la chaleur d'un sang qui n'est pas le sien, la tension de muscles qu'il ne contrôle pas totalement.

Où suis-je ? pense-t-il. Il trouve le chemin pour observer une somptueuse salle à manger, résolument moderne, ornée de lignes épurées et de couleurs contemporaines. En face de lui, une immense télévision trône sur un meuble élégant, illuminant la pièce d'une lueur chaleureuse. Il réalise que la personne semble absorbée par le journal télévisé.

Un peu plus bas, sur sa droite, une main de femme prend la coupe de champagne, ses ongles laqués d'un rouge éclatant.

— Chéri, tu m'amènes la bouteille de champagne, s'il te plaît ? Tu seras un amour.

Cette voix, douce et mélodieuse, résonne en Tony comme une onde familière qui émane directement de son propre être.

Personne ne répond.

— Chéri ?

Un timbre masculin lointain rétorque

— Je suis dans la douche, ma puce !

Bon ben, ce n'est pas avec ça que je vais me retrouver devant le président russe ! Pense Tony, désespéré.

Il observe qu'il se lève sans en avoir donné l'ordre. La personne semble avancer vers la cuisine. Elle se retrouve devant un frigo dont la porte s'ouvre. Sa main gauche prend la bouteille de champagne et commence à remplir la flûte qui se trouve dans sa main droite. *Mais franchement, qu'est-ce que je fous là !*

Visiblement, la femme se rapproche de la porte de la salle de bains. Tony entend clairement le bruit de l'eau qui coule. Elle ouvre délicatement la porte.

— Tu sais, les journalistes commencent à parler sérieusement de guerre, prononce la voix féminine. J'espère que tout ira bien demain. Le président russe semble camper sur ses positions et je crains le pire ! Demain, sera une journée décisive. Je pars très tôt de la maison, mon avion décolle pour Londres à 5h45. Ce soir, je ne vais pas me coucher tard.

Tony observe l'homme nu dans la douche qui répond à la femme

— Je te rejoins dans deux minutes, ma puce.

Ça craint ! se dit-il. Il se demande ce qu'il fait là. La personne, dont il partage le corps, s'avance vers le miroir puis s'arrête, scrutant attentivement son reflet, vérifiant la perfection de sa peau et l'éclat de ses cheveux soigneusement coiffés. Un léger sourire se dessine sur ses lèvres, trahissant une satisfaction que Tony ressent presque comme la sienne. L'atmosphère est empreinte de soin et de sophistication, et Tony se demande qui est réellement cette personne dont il vit les pensées et les sensations.

— Naan ! CHLOÉ ! Mais ce n'est pas vrai !... J'ai atterri dans Chloé ?

Tony s'agite, mais visiblement, cela n'a aucune incidence sur les réactions de Chloé. Tony sent son esprit vaciller. *Pourquoi moi ?* Pense-t-il, alors qu'il perçoit les pensées de Chloé avec une clarté troublante. Les émotions qu'elle ressent sont contagieuses. Tony sera son être immatériel, cherchant un point d'ancrage.

— Eh oh, là-haut ! Houston, nous avons un problème ! Georges... Ève ?

Aucune réponse. Tony se demande où a bien pu atterrir Georges.

— Eh oh, c'est ça l'entraide ? La fraternité ! Et tout le tralala ? Il n'y a personne pour m'aider ?

Pas de réponse.

Pendant que Tony s'agite sans que Chloé n'en soit perturbée, cette dernière boit sa coupe de champagne en retournant tranquillement dans le salon. Quelques minutes, plus tard, son conjoint vient s'installer à côté d'elle et l'embrasse.

— Arf ! Sérieusement, je ne vais jamais pouvoir m'y faire. Mais qui c'est ce type ! Chloé aurait pu trouver un gars plus… 'normal'. Ève ? Georges ? C'est quoi ce plan !

Chloé repose sa coupe de champagne, le regard fixé sur le journal télévisé.

— Demain, tout peut basculer. Une seule mauvaise décision, et l'Europe plongera dans le chaos…

Cette pensée la fait frissonner, et Tony, en elle, sentit cette tension monter.

Effectivement, le lendemain, un conseil de sécurité exceptionnel aura lieu à Londres. Chloé sera présente au titre de l'organisation événementielle de la Présidence.

L'objectif de la rencontre est de mieux cerner le positionnement des Russes vis-à-vis de l'Europe. Ce conseil est restreint. Seront présents, les États-Unis, la France, la Chine, la Russie et le Royaume-Uni.

La stratégie déployée par la Russie suscite de vives inquiétudes sur la scène internationale. Le chef d'Etat russe a récemment renforcé sa présence militaire en déployant un nombre significatif de troupes aux frontières de la Pologne, une manœuvre qui soulève des alarmes parmi les nations voisines et les membres de l'ONU.

En réponse aux tensions croissantes, la Russie a démandé à l'Europe, exigeant le retrait de toutes les forces militaires présentes à proximité de sa ligne de front. Cette exigence est perçue comme une tentative de la Russie de consolider sa sphère d'influence tout en jouant sur les craintes géopolitiques.

Les messages officiels diffusés à la population en Europe sont plutôt neutres.

Officiellement, le conseil est destiné à faire le point sur l'évolution de la guerre entre l'Ukraine et la Russie. Officieusement, la situation est nettement plus tendue. Les États représentés statueront sur une entrée en guerre à l'initiative de la Russie. Le dirigeant russe se montre plus agressif que jamais vis-à-vis de l'Europe et son positionnement militaire souligne un danger immédiat pour la Pologne, mais aussi pour les pays proches de ses frontières.

Nathan sent sa femme tendue. Il la prend dans les bras et la rassure en lui disant tendrement qu'il l'aime.

Pour Tony, être dans le corps de Chloé, c'est comme habiter une maison étrangère. Chaque mouvement, chaque pensée semble à la fois familière et étrangère. Il ressent le poids de ses inquiétudes comme une ombre oppressante, mais il perçoit aussi une lumière intérieure, une force insoupçonnée qui l'émerveille.

Alors que Tony apprend à apprivoiser ce nouvel état, Georges atterrit dans le corps d'une personne assise à un bureau, concentrée sur des dossiers éparpillés. Cette personne, avec son surligneur à la main, semble plongée dans un travail complexe et sérieux.

Georges observe la scène, mais la situation étant inintéressante pour lui, il décide de se détendre.

Il est tard et les deux nouvelles âmes qui viennent d'intégrer les corps sur terre vont se reposer. Demain est, un jour primordial, et pourtant, l'organisation, l'évolution de la journée et la manière de faire… Tout cela, Tony n'en sait rien.

Pendant ce temps, quelque part dans l'univers.

Une sphère ovale brillante avance à grande vitesse. Rien ne permet de distinguer si sa taille est microscopique ou macroscopique. Autour d'elle, plusieurs vagues opalines colorées aux nuances de doré, de pourpre et de bleu dansent dans l'espace. Un peu plus loin, on distingue des étoiles et des planètes.

La sphère lumineuse se nomme Ève, elle file tout droit, telle une étoile filante, dans cet espace de liberté. Au bout d'un moment, elle s'arrête dans un lieu vide mais lumineux, éclairé par une étoile.

Elle se met à diffuser une onde qui se manifeste en irradiant autour d'elle. Cette vibration harmonieuse va se perdre dans les profondeurs de l'univers. Cette résonance vibratoire est une voie sacrée, la voix d'Ève. Au rythme de sa pulsation, elle se colore de différentes teintes. Il y a de la sagesse, de la beauté et de la force dans cette tonalité.

Les vibrations se traduisent par :

— Pourquoi prendre ce risque de faire descendre l'âme de Tony sur terre ? C'est encore un jeune apprenti, il n'est pas prêt et ne se sentira pas à l'aise dans une mission qui nécessite de l'expérience.

La réponse est transmise par une autre oscillation qui résonne plus vigoureusement et imprègne la sphère d'Ève. Cette dernière prend alors des teintes scintillantes, créant un art vivant, comme si son essence elle-même se synchronisait à cette mélodie envoûtante.

Ève,

Cela fait bien longtemps
que vous n'aviez pas présenté tant de compassion.
L'amour des âmes sœurs se manifeste en vous.

Tony a le cœur pur et il détient la lumière
Ses apprentissages humains
sont encore bien imprégnés en lui, mais
il développe rapidement ses capacités de résonance.

Accordez-lui votre confiance
comme vous avez toujours su le faire

Chloé va ancrer Tony au niveau terrestre.
Elle est élue dans cette mission
mais a besoin de votre soutien.

Tony est à sa juste place.
Il est uni à l'âme de Chloé, comme à la vôtre

*Votre trio pour cette tâche crée
une harmonique céleste.*

Ève accueille le message divin avec une clarté sereine, consciente que tout est en ordre et que chaque élément trouvera sa juste place. La confiance inonde la petite sphère scintillante, la guidant sur son chemin. Dans un élan, elle reprend sa route à une vitesse vertigineuse, traversant des portails vers d'autres univers.

Plus bas, quelque part sur la terre, Tony sent une chaleur douce l'envelopper. Ce n'est pas Chloé. C'est autre chose, ou quelqu'un d'autre. C'est une vibration familière, rassurante… Ève. Il le sait, elle est là, quelque part, veillant sur lui.
La présence vibrante d'Ève dans son cœur, le rassure, mais le défi de demain sera difficile.
— Comment être à la Hauteur, d'une mission dont je ne maîtrise rien ?

Chapitre 23.
À l'aube du changement

Le lendemain à 5h07

Les premiers rayons de l'aube caressent la piste de décollage, encore déserte. Une limousine noire s'immobilise dans un léger crissement de pneus. La portière s'ouvre, et le président français descend, entouré de ses conseillers pressés. Ils avancent d'un pas rapide vers l'avion présidentiel, un appareil imposant dont le métal scintille sous la lumière naissante. Autour d'eux, des militaires se déploient, leurs regards scrutant chaque recoin, prêts à intervenir à la moindre anomalie.

Un peu plus loin, Anna et Nicolas attendent près du périmètre de sécurité. Nicolas est le chef des opérations. Il distribue ses dernières consignes d'une voix calme mais autoritaire. Anna, traductrice trilingue, serre un dossier contre elle, les yeux rivés sur les documents qu'elle relit pour la énième fois. Chloé, non loin, observe les préparatifs, le visage empreint de concentration et d'appréhension.

Chloé se rapproche de Nicolas et de sa mère. À travers Chloé, Tony retrouve avec plaisir son ami Nicolas. Cependant, à y regarder de plus près, dans l'intimité du regard de Nicolas, il perçoit subtilement l'aura de Georges.
— Eh ben, tu as atterri là, toi ! - Dit-il avec surprise.

Tony s'habitue à l'échange vibratoire des âmes. Seul Georges peut entendre ses mots. La modulation des échanges entre les âmes est une fréquence inaudible au monde terrestre.

— Sérieusement Georges, ils ont mis ton âme dans mon pote ? Difficile de comprendre ce qu'il se passe. Chloé, Nico, Anna ! Toutes ces personnes proches de moi sont présentes pour cette mission ? C'est un truc de dingue, des personnes normales près du président. C'est presque irréel !

— Eh oui, je suis dans ton pote ! Et figure-toi, qu'hier soir, sa seule préoccupation était de lire les procédures de sécurité. Il y a passé tellement de temps que j'ai cru qu'il allait me bouffer le papier. Quant à la proximité de tes amis, ce n'est pas une question de personnes normales ou non. C'est une question de résonance vibratoire. Les vibrations d'âmes s'attirent, même sur terre. C'est ainsi depuis la nuit des temps. Vous êtes faits pour fonctionner ensemble !

Tony reste perplexe. Cette idée de résonance des âmes l'intrigue autant qu'elle le dépasse. Pourtant, un doute le traverse lorsqu'il pense à Anna. Comment une femme aussi froide et distante peut-elle avoir une vibration semblable à la sienne ?

— Anna et toi partagez la même fréquence. Vous avez été placés sur des chemins parallèles pour apprendre l'un de l'autre et évoluer ensemble. C'est ainsi que les âmes évoluent : en se confrontant à celles qui résonnent en harmonie avec elles.

Tony hausse les épaules, peu convaincu. Anna, avec ses airs sévères, ne cadre pas avec cette vision poétique. Mais il préfère taire son scepticisme.

Chloé, de son côté, s'apprête à recevoir une confirmation cruciale : une interview exclusive avec le président russe. Tony, toujours ancré en elle, sent son cœur battre plus vite à mesure que l'attente se prolonge. Il perçoit ses émotions avec une netteté déconcertante : l'excitation, la peur, l'espoir… Tout s'entremêle. Pourtant, lui-même reste curieusement détaché, capable de recevoir ces sensations sans s'y perdre.

Anna échange brièvement avec un conseiller tandis que Nicolas ajuste une oreillette, supervisant ses équipes. L'interview se déroulera dans l'avion présidentiel, un lieu où chaque détail de la sécurité a été minutieusement pensé.

Quant à Tony, il a bien compris comment il pourrait se retrouver face au président russe, et il est assailli par les doutes. Il se demande ce qu'on attend de lui et, surtout, s'il sera à la hauteur de cette expérience.

— Georges, c'est quoi mon rôle si Chloé réalise cette interview. Je dois me préparer à quelque chose ? Franchement, j'aurais préféré qu'Ève soit présente.
— Je sais qu'elle te manque, mais tu n'as rien à faire de spécial. Juste être là, dans le moment présent et amener de l'harmonie à une situation tendue ! Le reste se fera tranquillement et au moment voulu, tu sauras ce que tu as à faire !

Tony observe la scène qui se déroule autour de lui à travers les yeux de Chloé. Bien qu'il observe des visages calmes, il sent au fond de lui que ce n'est qu'une façade, son âme perçoit le stress latent des équipes présentes.

En scrutant les groupes de personnes, il parvient à discerner la nature profonde de chaque individu, sans pour autant comprendre la signification de ces ondes. Toutes leurs pensées et émotions semblent être à sa portée, présentes en lui sans aucun filtre. Pour l'instant, il ne sait que faire de ces révélations. Il a simplement l'impression que cette aptitude lui est innée, qu'elle fait partie intégrante de son âme.

Plusieurs personnes entrent dans l'avion. Tony en profite pour scruter les recoins de cet engin conçu pour répondre aux éxigences présidentielles. Tout est luxueux. L'intérieur de l'appareil est organisé comme un petit appartement. Un peu plus loin, il perçoit le Chef d'État entrer dans ce qui semble être son bureau. La délégation officielle se dirige vers le fond de l'avion ou une salle leur est réservée.

À travers les yeux de Chloé, il observe l'intérieur de l'avion. Le luxe y règne en maître : fauteuils en cuir fin, boiseries raffinées, une atmosphère feutrée et élégante qui contraste avec l'effervescence extérieure.

Tony entend et ressent tout. Cette sensation curieuse ne le perturbe pas pour autant. C'est comme si elle était présente mais pas encombrante. Il reçoit l'information, mais rien ne le touche. Rien ne le perturbe. Il sait et cela suffit.

L'avion est prêt à décoller, le bourdonnement des moteurs offre une étrange sensation de calme. Chloé regarde par le hublot, ses pensées tourbillonnent entre l'interview à venir et les enjeux colossaux qui l'attendent. Tony, toujours en elle, sent cette tension grandir.

Chloé attache sa ceinture, tandis qu'un murmure intérieur résonne dans l'esprit de Tony :

— Reste concentré, Tony. Le plus important reste à venir.

Il ne reconnaît pas la voix. Ève ? Georges ? Ou peut-être une partie de lui-même ? Peu importe. Ce qu'il comprend, c'est que tout cela ne fait que commencer. Et il sait qu'il devra être prêt.

Chapitre 24.
Ombres et lumieres

7h47.

La délégation présidentielle française vient d'arriver dans un domaine luxueux au style de château anglais, en banlieue de Londres. Entouré d'un parc de 120 hectares soigneusement aménagé, le cadre offre aux convives un espace de détente propice à l'appréciation du paysage. Cependant, cette ambiance paisible ne suffira pas à atténuer les tensions inhérentes aux discussions à venir. Les sujets abordés étant particulièrement conflictuels, le choix de ce lieu, malgré son charme, ne pourra apaiser les antagonismes latents entre la Russie et l'Europe.

Les présidents arrivent progressivement pour cette réunion cruciale, affichant des visages fermés. Tous les protagonistes présents sont conscients de l'importance des décisions qu'ils devront prendre, des décisions qui pourraient influencer l'avenir du monde.

D'abord, le président des États-Unis, accompagné de son secrétaire d'État, fait son entrée. Il est suivi immédiatement par le chef d'état français, puis par les dirigeants russe et chinois.

La demeure, bien que majestueuse, est entièrement sécurisée, encerclée et surveillée par les forces armées du Royaume-Uni, témoignant de la gravité de la situation et du poids des discussions à venir.

Chloé, Anna, Nicolas et les équipes techniques entrent par une porte sur le côté du château. Ils sont méticuleusement fouillés et leur identité est vérifiée et enregistrée.

Ils sont ensuite reçus par l'organisateur des lieux, qui rassemble les membres des délégations par pays dans une grande salle confortable prévue pour recevoir plusieurs invités. L'ambiance est froide et tendue. Chacun s'installe dans son coin.

Chloé profite de ce moment, sans la présence du président, pour se ressourcer et propose à Nicolas et Anna de la rejoindre pour faire un point.

— Nicolas, nous avons l'accord du chef d'État russe pour l'interview. Assure-toi que tout est validé avec l'équipe russe. Aucune erreur ne sera tolérée. Vérifie aussi les cadrages avec son staff. Tout doit être respecté à la lettre sinon nous n'aurons pas d'autorisation de diffusion.

À ce moment-là, Anna se rapproche doucement et pose sa main sur le bras de sa fille.

— Ça va Chloé, tu n'es pas trop stressée ?

Chloé lui répond avec douceur qu'elle a confiance et que c'est un apaisement de savoir Anna près d'elle.

Avec l'âge, Anna est bien plus apaisée. Il y a trois ans, Nicolas et Anna, s'étaient découvert une belle complicité. Ils ont décidé de poursuivre leur chemin ensemble. Leur couple est maintenant solide. Ils sont très complices et Tony peut ressentir l'amour qu'ils éprouvent l'un pour l'autre.

La situation interpelle Tony. Il s'adresse à Georges.

— C'est curieux Georges, pour eux, il s'est passé plus de vingt ans alors que pour moi, quelques heures seulement se sont écoulées. Ma petite Chloé est devenue une femme d'âge mûr, Anna vit avec mon meilleur pote. Et tu vois, je ne ressens pas de problème, ni avec ce décalage d'âge, ni avec la situation de Nico et Anna. C'est un peu comme si j'accueillais tout cela de façon sereine. Je les trouve même touchants tous les deux.

Georges constate avec satisfaction la progression de son jeune apprenti. Il discerne clairement que l'amour commence à s'épanouir en lui, illuminant son être de l'intérieur.

Alors qu'une lumière rayonnante se diffuse à travers le corps de Chloé, Georges se sent privilégié de pouvoir contempler cette scène magnifique, sachant qu'il est le seul témoin de la transformation intérieure de Tony.

Au fil des années, qui se sont écoulées, Anna a évolué pour devenir une femme plus équilibrée et empreinte d'une certaine douceur. Pour elle, Tony est désormais une figure ancrée dans sa mémoire du passé. Le temps a agi comme un sculpteur, ne laissant en elle que les souvenirs des moments privilégiés partagés en sa compagnie. Aucune rancune, aucun ressentiment ; juste la douce teinte d'un chapitre révolu, teinté de souvenirs.

Tony éprouve envers Anna et Nicolas un sentiment d'affection singulier, un amour fraternel, universel et absolu, qui le laisse perplexe. En leur compagnie, il se sent en paix, comme s'ils faisaient partie de sa propre famille. Ce sont des émotions qui lui sont étrangement nouvelles.

La capacité inhabituelle de Tony à explorer l'intérieur des personnes présentes, à percevoir leurs pensées, leurs émotions et leurs secrets, s'avère fascinante.

Alors que Chloé se concentre sur l'équipe russe, Tony est plongé dans un océan d'intensité émotionnelle, la rigueur, la colère, mais surtout la peur qui émane de la délégation russe. Il accueille ces informations sans porter de jugement.

Georges observe

— Regarde-toi, Tony. Il y a quelques heures, à peine, tu aurais paniqué en voyant tout ça. Maintenant, tu ressens, tu analyses, tu t'adaptes. Tu es prêt.

Tony se sent rassuré par ce message, mais une question demeure : pourquoi est-il là ? Tout semble avancer sans lui.

Pendant ce temps, les autres délégations s'installent tranquillement, créant un contraste saisissant avec l'atmosphère tendue qui enveloppe l'équipe russe.

L'ambiance est donc normale si l'on considère l'enjeu de la

situation. Tony pensait qu'il y aurait quelques malfrats au sein de ces personnes, surtout chez les Russes. Il s'attendait à un risque conséquent pour l'humanité, mais il ne remarque aucune mauvaise intention. Il se demande donc ce qu'il fait là pour cette mission de si haute importance.

Se retrouvant momentanément désœuvré, il décide de se concentrer sur le stress de Chloé et tente de communiquer avec elle. Il l'appelle plusieurs fois, en vain, avec une grande frustration.

Georges intervient.

— Ça ne sert à rien de brailler Padawan. C'est pas en criant intérieurement que tu l'aideras. Détends-toi et elle suivra. Et cela te fera du bien aussi !
— Faut toujours que tu casses l'ambiance, Georges.

Mais Tony sait qu'il a raison et il s'exécute avec la ferme intention de déstresser sa fille. Il se détend le plus possible et demande une belle zénitude pour Chloé. Pour ce faire, il s'imagine en short sur une grande plage sirotant un cocktail et en observant les jolies femmes passer. Cette dernière vision le rend totalement zen.

Au même moment, Chloé semble effectivement se détendre. Son visage s'éclaircit et un petit sourire joyeux illumine son regard. Elle se tourne vers Nicolas et avec un air rieur et dit :

— Nico, ça te dirait un petit joint pour décompresser un peu ?

Tony, s'extrait brusquement de sa ravissante léthargie, comme une tartine de son grille-pain.

— Quoi ? Non mais ça ne va pas ? Chloé, c'est une blague.

D'un ton embarrassé, Nicolas répond à Chloé qu'il préfère maintenir sa vigilance pour assurer la journée. Chloé rit et réplique

— Mais non Nicolas, je rigole ! C'est juste pour détendre l'atmosphère.

Bien que Nicolas ne trouve pas la blague très drôle, il sourit naïvement.

Quant à Georges, il glousse intérieurement.

— Mon petit poulet ! Il va falloir gérer ta détente. Tu vas finir par droguer tout le monde.

Tony se reprend très vite en comprenant que son attitude exerce une forte influence sur les émotions de Chloé.

Chloé reprend ses notes et se remet au travail.

Pendant ce temps, les dirigeants de chaque pays accompagné de leurs conseillers proches vont s'installer dans une salle de réunion au bout d'un grand couloir. La porte se ferme, enfermant avec elle les secrets des hautes sphères du monde.

14h00.

Les participants émergent enfin de la salle de réunion, marqués par le poids des vives discussions qui viennent de se tenir. Certains se dirigent vers leur délégation, échappant à l'atmosphère tendue, tandis que d'autres préfèrent quitter les lieux sans un mot, l'urgence des événements pesant sur leurs épaules. La tension est palpable, presque suffocante.

Tony capte une phrase d'un membre de la délégation russe.
— Tout changera bientôt, vous verrez. Une onde glaciale le traverse.

De son côté, le dirigeant russe, affichant un visage froid, sort de la salle de réunion sans accorder un regard à quiconque. Il est immédiatement suivi par le chef d'État français. Les deux hommes traversent le couloir dans le silence et se retirent dans une pièce adjacente.

Chloé, observatrice attentive de la scène, offre à Tony un accès direct aux émotions brutes qui émanent du président russe, créant une connexion palpable entre eux.

Tony ressent alors une onde rougeâtre, chargée d'humiliation, de colère et de haine. Cette énergie sombre et violente frappe Tony comme un fouet invisible, l'impact de ce ressenti le secoue profondément. Malgré la violence de cette sensation et l'angoisse qu'elle suscite, il se ressaisit et prend une profonde inspiration, tentant de canaliser cette intensité.

Face à l'expression fermée du Leader russe, Chloé se questionne sur la tenue probable de l'interview. Redoutant une escalade des tensions, elle aspire secrètement à être une petite souris pour s'infiltrer et écouter les échanges entre les deux présidents.

La menace constante du président russe de recourir à l'arme nucléaire est une source d'inquiétude permanente.

Chloé sait que le président français est celui qui a le contact le plus facile avec le chef d'État russe. Elle sent que cet échange entre les deux hommes est une opération de dernière chance.

L'évolution de l'atmosphère du château reflète la gravité de la situation, comme si les murs eux-mêmes se faisaient l'écho des tensions grandissantes. La teinte terne, sombre et noire qui domine le couloir semble annoncer une catastrophe imminente.

Chloé jette un dernier coup d'œil à ses notes, mais sont esprit est ailleurs. Tony, toujours en elle, sent son esprit vaciller entre la tension de l'interview et un pressentiment qu'il peine à expliquer.

Une légère brise traverse la pièce, faisant frémir les rideaux malgré les fenêtres fermées. Chloé relève la tête, troublée, tandis qu'un murmure à peine audible résonne dans l'esprit de Tony.

— C'est maintenant que tout commence.

Il n'a aucune idée de ce que cela signifie, mais il sait que ce moment marquera un tournant.

Chapitre 25.
Vibrations

14h35.

Le président français sort de la pièce, le visage grave, puis se dirige vers Chloé. Il l'appelle à l'écart.

— Chloé, préparez les équipes pour l'interview. Le programme a changé. Le président russe parlera seul, et aucune question ne pourra lui être posée.

Chloé acquiesce sans poser de questions, bien qu'un frisson glacé lui parcoure l'échine. Elle se retourne rapidement et rejoint Nicolas et Anna pour les informer des nouveaux impératifs.

Pendant que Nicolas s'affaire à ajuster le matériel, le président russe émerge à son tour. D'un pas lent mais déterminé, il rejoint son Premier ministre, qu'il briefe à voix basse. Ce dernier, raide comme un automate, s'éloigne sans un mot pour transmettre ses ordres à son équipe.

Tony, toujours lié à Chloé, sent une vague d'angoisse l'envahir lorsqu'il capte les pensées profondes du président russe. L'homme, impassible, laisse transparaître une froideur inhumaine, comme si chaque mot, chaque mouvement faisait partie d'un plan méticuleusement orchestré. En plongeant plus loin dans ses pensées, Tony découvre des visions terrifiantes : une bombe nucléaire prête à être déclenchée, visant l'ouest de la Pologne et une partie de l'Allemagne. Les conséquences seraient cataclysmiques, entraînant l'irradiation d'une grande partie de l'Europe.

Tony frissonne en silence. À travers ces pensées, il perçoit également la position exacte de l'arme et sait que deux agents russes attendent le feu vert du président pour déclencher l'opération.

Dans le couloir, Chloé reste en retrait, observant les mouvements autour d'elle. Le président français s'approche de nouveau, son expression plus sombre que jamais.

— Chloé, le président russe menace d'envahir la Pologne. Il exige que la Communauté européenne cesse immédiatement toute ingérence dans ses affaires. Il a clairement déclaré qu'il n'hésiterait pas à utiliser l'arme nucléaire si ses projets étaient contrariés. Nous avons tenté de le raisonner, mais il ne veut rien entendre. Préparez tout pour son allocution dans cinq minutes.

Chloé acquiesce, mais Tony, en elle, ressent sa panique intérieure. Nicolas et Anna continuent leurs allers-retours pour s'assurer que le matériel est opérationnel. Tony, désorienté par la gravité de la situation, s'adresse à Georges.

— Georges, qu'est-ce que c'est que cette sensation ? On dirait que l'air est lourd... Presque irrespirable.

Georges, habituellement sarcastique, adopte un ton sérieux.

— C'est la vibration de la peur, Tony. Elle se propage comme une onde, envahissant tout. Chaque pensée, chaque émotion laisse une empreinte sur la réalité. Ici, la peur règne en maître.

Tony est perdu.
— Super. Et je suis censé faire quoi avec ça ? Je ne peux pas leur dire de se calmer et de chanter 'Kumbaya'.
— Ce n'est pas leur peur que tu dois calmer en premier, Tony. C'est la tienne.

— Ma peur ? Mais je vais bien, moi ! proteste-t-il, bien qu'il sache que c'est totalement faux.

Georges hoche lentement la tête.
— Écoute-moi bien. Une vibration, c'est comme une pierre lancée dans l'eau. Elle crée des cercles qui s'étendent. Si ton esprit est calme, tes vibrations seront harmonieuses, et elles influenceront tout ce qui t'entoure. Mais si tu laisses la peur t'envahir, elle amplifiera celle des autres.

Tony se tait, réfléchissant à ces mots. Il reporte son attention sur Chloé, qui tente de maintenir son calme face au président russe.
— Donc, tu veux dire que si je reste zen, ça va aider Chloé ?
— Exactement, mon petit poulet. L'harmonie commence toujours par soi. En revanche, vas-y cool quand même.

Tony sent effectivement que Chloé stresse. Il tente alors de faire en sorte qu'elle se détende. Lui-même se demande ce qu'il va bien pouvoir faire pour éviter la catastrophe. *Si Ève était là ! Elle me dirait quoi faire,* se dit-il.

À peine le temps de penser à cela que Georges répond.
— Elle n'est pas là. On se débrouille !
— C'est bon Georges, je suis au courant. Tu peux arrêter de la ramener à chacune de mes pensées.
— Non, je ne peux pas. Ce que je pense, tu le sais forcément. C'est comme ça !
— Oui. Ça me saoule ! Il va falloir que ça change.
— Ça ne changera pas ! Entraîne-toi à ne pas penser.

Tony, énervé par l'attitude de Georges et par la situation et se demande, *pourquoi, on m'a mis ce guide tout pourri ?*

À cette pensée, Georges ne répondra pas et ne pensera rien.

Chloé observe le regard grave de son président et n'ose pas poser de question. Ce dernier se retourne et se dirige vers le premier ministre du Royaume-Uni.

Les échanges entre les deux hommes semblent très réfléchis et le ton est grave. Leur discussion restera privée. Seul Tony sait que le président russe se prépare à lancer la bombe dès qu'il quittera le sol anglais.

15h10

Tous les prestataires sont rassemblés dans la salle dédiée à l'interview. Nicolas s'affaire aux derniers préparatifs techniques, concentré sur son matériel, tandis qu'Anna s'assure que les équipes russes et françaises se coordonnent sans accroc. Malgré la coopération apparente, un silence pesant s'installe, comme si chaque personne retenait son souffle.
Nicolas et les équipes russes coopèrent étonnamment bien. Tout doit être prêt pour transmettre le message du président.

Tony, conscient de l'urgence, réfléchit à une stratégie pour éviter le chaos imminent.

Le président français entre dans la pièce et s'assied directement à côté de Chloé. Le président de la fédération russe est attendu. À travers Chloé, Tony ressent le stress de chaque personne. Il voit les couleurs de la salle prendre une couleur sombre. Il y a comme un voile qui se tisse dans la pièce, un voile lugubre gris et rouge.

- *Qu'est-ce que c'est que ce voile ?* demande Tony à Georges.

— C'est la couleur de l'onde dégagée par l'ensemble des personnes présentes. Ils sont tous tendus et l'atmosphère porte leurs peurs.
— Cela signifie que nous courons à la catastrophe parce que je peux te dire que l'autre président, quand il va se pointer, ça va tourner au vinaigre.
— Il nous faudra compenser la vibration.

— Tony est surpris.

— Compenser ? Et je fais ça comment ? Tu ne m'as jamais appris, hein. Tu balances ça comme si c'était facile.

Georges reste imperturbable.

— Respire, Tony. Fais confiance à la vie.

Au moment où Tony commence à s'agacer, l'atmosphère de la pièce devient de plus en plus lourde et sombre.

— Georges, franchement, tu te rappelles m'avoir appris à compenser la vibration ? NON ! Évidemment. Tu crois que ça va se passer par magie tout ça ?
— Mon petit poulet, c'est sûr que si tu t'énerves, on ne va pas y arriver. Fais confiance.
— Mais confiance à quoi Georges !? À qui !? -
— À la vie.

Tony trouve décidément que Georges est trop souvent inutile.

— Si c'est tout ce que tu as, tu devrais vraiment envisager de prendre ta retraite. Sérieusement, "faire confiance à la vie" ?

Le Président russe entre dans la salle. Il ne regarde personne et se dirige tout droit vers ses équipes qui lui posent son micro-cravate et une oreillette. Son attitude est calme, mais la vibration qu'il dégage dans la pièce rend l'environnement rouge sang, un mélange de haine et de colère.

Tony se demande comment il va bien pouvoir se sortir de cette situation.
— Georges, c'est pire que ce que je pensais. Il transporte de la haine avec lui.

Georges reprend un ton sérieux.
— Tu as raison. C'est exactement ce qu'il fait. Mais toi, Tony, tu es ici pour une raison. Ne l'oublie pas.

Tony ne répond pas. Il ressent la tension de Chloé monter. Il voudrait lui transmettre du courage, mais il se sent aussi impuissant qu'elle.

Alors que la salle semble se figer, Chloé se lève, tenant son carnet de notes fermement contre elle. Tous les regards se tournent vers elle, y compris ceux du président russe, qui plisse légèrement les yeux, intrigué par son assurance soudaine.

Tony, en elle, ressent une montée de peur mêlée de détermination. Chloé, qu'est-ce que tu fais ? pense-t-il, nerveux. Mais il ne peut qu'observer.

— Monsieur le Président, commence-t-elle, sa voix claire mais posée. On m'a appris à toujours chercher des solutions. À croire que même dans les situations les plus tendues, il existe une voie qui peut éviter le pire.

Le président russe reste impassible. Chloé inspire profondément, serrant un peu plus son carnet.

— Je ne suis pas ici pour débattre de stratégie militaire ou de pouvoir. Mais en tant que journaliste, et en tant qu'être humain, je dois vous demander : avez-vous réfléchi à ce que cela pourrait coûter ? Non seulement à votre pays, mais au monde entier ?

Un silence pesant suit ses mots. Les délégués autour de la table échangent des regards, surpris par l'audace de Chloé. Tony, en elle, sent alors une vague de fierté.

— Bien jouée, ma fille... murmure-t-il intérieurement, ému.

Le président russe ne répond pas immédiatement. Mais un léger mouvement de ses sourcils, presque imperceptible, suggère qu'elle a semé une graine de réflexion. Chloé recule doucement, laissant ses mots flotter dans l'air.

Georges lance à l'esprit de Tony :
— Voilà pourquoi elle est là. Elle a un don, Tony. Un don que même toi, tu n'as jamais su voir.

Alors que le président russe s'apprête à parler, une vibration étrange traverse la pièce. Tony sent son cœur s'arrêter un instant. Il aperçoit quelque chose qu'il ne comprend pas : une lueur, une présence... Comme si quelqu'un d'autre l'observait.

Chapitre 26.
L'heure est venue

17h40

Tony observe la salle avec une intensité nouvelle. À travers Chloé, il ressent les émotions, mais cette fois, quelque chose en lui change. Tout ce qu'il a traversé, les leçons, les doutes, la colère, la foi en l'invisible convergent en une énergie unique, prête à éclore.

— Georges, murmure-t-il. C'est ça, hein ? Tout ce que tu m'as appris. Tout ce que j'ai traversé… C'était pour maintenant.

Georges est fier.

— Tu y es, Tony. Tu le ressens, n'est-ce pas ? Cette lumière, c'est toi. Et elle n'attend qu'une chose : s'unir au reste.

La lumière en Tony commence à grandir. Elle n'est pas une simple réminiscence de ses expériences d'initié. C'est une force vive, vibrante, une énergie pure forgée par son parcours d'éveil et sa capacité à aimer au-delà des limites humaines.

Un peu plus haut dans les cieux, les Ûmmis intensifient leurs vibrations. Leur présence invisible mais puissante devient un pont entre l'universel et l'humain. Leur lumière descend lentement, imprégnant le château d'une énergie apaisante, équilibrante.

C'est alors qu'Èvaffluentse apparaît, non pas sous une forme matérielle, mais comme une lumière rayonnante à travers les yeux du président russe. Son énergie est douce et ferme, une force divine de compassion et de sagesse.

Tony, plongé dans cette lumière, comprend. Il voit Ève, mais il ne la voit pas seule. Il ressent leur lien fusionnel, leur énergie commune, et leur amour. Alors, il lâche toutes ses peurs, tous ses doutes.

Une lumière en lui éclate, se mêlant à celle d'Ève et à la vibration des Ûmmis. L'union est totale. Leur énergie combinée devient une symphonie vibrante, un torrent lumineux qui se répand dans la salle.

Les effets sont immédiats. La lumière envahit chaque recoin, chaque personne. Le gris sombre, oppressant, disparaît. Le rouge de la colère s'évanouit. En lieu et place, une clarté douce baigne tout, une vibration d'amour et de compréhension universelle.

Chloé ressent cette lumière en elle. Elle ne sait pas pourquoi, mais elle est sûre que son père est là. Elle le sent, et cette certitude illumine son être.

Anna et Nicolas se regardent, bouleversés. Ils ne savent pas expliquer ce qu'ils vivent, mais ils sentent une paix profonde pénétrer leur âme.

Le président russe, lui, est submergé. Des souvenirs d'enfance affluent, des moments d'innocence, d'amour, de joie pure. Pour la première fois depuis des décennies, une larme roule sur sa joue.

Il se souvient d'un jour, où, enfant, il regardait les étoiles avec une jeune fille. « *M'aimeras-tu encore... Dans cent ans ?* » Avait-il demandé. Et ce souvenir le frappe comme une vérité oubliée : ce n'est pas le pouvoir qu'il recherche, mais l'amour perdu, la paix intérieure.

Dans cette union lumineuse, Tony ressent une expansion qu'il n'aurait jamais cru possible. Il n'est plus seulement une âme observatrice. Il est une force active. Sa lumière, née de ses luttes et de son éveil, est maintenant une partie intégrante du tout.

— Voilà pourquoi tu es là, Tony, murmure Georges. Ta lumière est l'étincelle qui manquait. Ève le savait, et maintenant toi aussi.

Tony se sent en paix. Il regarde Ève, et à travers leur connexion, ils partagent une vision parfaite de leur mission commune : montrer que l'amour, la compassion, et la lumière peuvent transformer même les cœurs les plus endurcis.

Dans cette harmonie, Tony et Ève fusionnent leurs vibrations, irradiant une énergie unique, si pure qu'elle résonne dans chaque être présent. Le président russe, autrefois rigide et déterminé à dominer, s'effondre intérieurement. Il lève les yeux, cherchant ceux de Chloé, et y trouve une douceur désarmante.

Le président russe se lève alors lentement. Sa voix, lorsqu'elle résonne, est méconnaissable.

— Je ne continuerai pas. Pas aujourd'hui, dit-il.

Il se tourne vers son équipe.

— Retirez les troupes. Cessez toute opération.

La salle est en état de choc. Les délégués, figés, ne peuvent croire ce qu'ils entendent. Mais dans l'air flotte une compréhension muette, presque sacrée. Quelque chose de plus grand qu'eux s'est produit.

Chloé, bouleversée, regarde Anna et Nicolas. Ils savent, eux aussi, qu'une force invisible mais bienveillante vient de changer le cours de l'histoire.

Alors que le président russe quitte la salle, Tony observe la vibration d'Ève le suivre.

— Tu as compris, Tony. Ta lumière fait partie d'un tout.

Georges, toujours imperturbable, ajoute :

— Et tu vois, mon petit poulet, c'était pas si compliqué, hein ?

Pour la première fois, Tony ressent pleinement la puissance de ce qu'il est réellement devenu.

Ève s'éloigne, mais sa lumière reste en lui, fusionnée avec la sienne. Tony sait qu'il n'est plus seulement un spectateur. Il est un guide, une force. Il sait que sa mission ne fait que commencer.

Chapitre 27.
Je suis la

20H44

Chloé s'effondre sur son lit, exténuée mais paisible. Les souvenirs de la journée affluent dans son esprit, mêlant l'étrangeté des événements à un sentiment de paix inexplicable.

Chacun avait donné sa version sur le changement d'attitude du président russe. L'explication rationnelle admise par tous, était que le président russe aurait eu un sursaut de vie. Mais toutes les personnes présentes dans la salle avaient senti qu'une force irrationnelle avait envahi la pièce.

Chloé, craignant d'être jugée comme extravagante, avait préféré garder pour elle ses propres réflexions sur la situation. Elle avait pourtant ressenti la présence réconfortante de son père, une énergie palpable traversant la pièce, laissant présager une influence divine à l'œuvre dans ce moment intense.

Elle ferme les yeux et murmure doucement :

— Papa… Je sais que tu es là.

La pièce est plongée dans une douce obscurité, seulement éclairée par la lumière tamisée du couloir. Rien ne bouge, et pourtant, Chloé ressent une présence. C'est subtil, comme une chaleur dans son cœur.

— Papa… J'espère qu'ils t'ont enfin changé tes fringues là-haut, ajoute-t-elle avec un sourire fatigué.

Un éclat d'humour traverse son esprit, vibrant comme un écho intérieur.
— Tu parles ! Même Dieu a ressorti sa vieille chemise à carreaux, grâce à moi !

Chloé se redresse, le souffle court. Elle allume la lumière, scrute la pièce, mais il n'y a personne. Pourtant, elle sait. Au plus profond d'elle-même, elle sent la vérité : son père est là.

Pendant qu'elle cherche à comprendre, Tony et Ève se tiennent près d'elle, leurs vibrations lumineuses emplissant la chambre d'une énergie douce et bienveillante.

Tony, rayonnant de fierté, observe sa fille. Il murmure :
— C'est ma plus belle œuvre.

Ève scintille.

— Elle est ta lumière. Et toi, tu es prêt maintenant. Tout ce que tu as appris, tout ce que tu as vécu, converge ici. Tu es prêt pour la suite.

Une vibration puissante envahit la pièce, unissant leurs lumières. Tony comprend enfin. Sa lumière s'étend, se mêlant à celle d'Ève, créant une force harmonieuse qui résonne dans l'univers.

Chloé se lève et se dirige alors vers le salon. Elle y découvre une rose rouge éclatante sur la table. À côté, une petite enveloppe l'attend. En l'ouvrant, elle voit un mot écrit par Nathan, son mari :

---- Pour la plus resplendissante des femmes,
voici la plus belle des surprises.
Je reviens du laboratoire... Et je te laisse deviner ton résultat ! ----

Chloé s'effondre sur le canapé, bouleversée par l'émotion. Ses mains tremblantes dévoilent une photo ancienne : Tony, jeune et ému, tenant un bébé dans ses bras. Derrière la photo, ces mots sont griffonnés.

--- Ma princesse épineuse.
Le plus beau jour de ma vie.
Tu comprendras quand tu seras maman.
Je t'aime. Papa. ---

Ces mots simples mais sincères résonnent dans le cœur de Chloé, lui rappelant l'amour indéfectible et le soutien inconditionnel de son père.

Des larmes de joie coulent sur les joues de Chloé. Dans un murmure, elle dit :

— Merci, Papa.

Alors que Chloé serre la photo contre elle, Tony et Ève brillent avec une intensité nouvelle.

— Pourquoi m'avoir choisi, Ève ? demande Tony, ému.
— Parce que nous sommes des anges Tony.

Dans un éclat de lumière, les deux âmes s'élèvent, leur union créant une symphonie vibrante dans le ciel étoilé.

Après un instant de pureté silencieuse, elle ajoute :
— Sur terre, se cachent de nombreux anges. Des hommes et des femmes comme toi, de ton vivant. Ils font le bien ou ils se trouvent. Ils sèment des sourires, des réconforts et des petits bonheurs.

À cet instant, Tony comprend.
— Nous ne sommes pas seulement des âmes, mais des messagers, des porteurs de lumière. Et maintenant Ève ?
— Maintenant, nous continuons, répond Ève. Ensemble, comme nous l'avons toujours fait, et pour l'éternité.
— Toujours fait ?
— Nous sommes des âmes jumelées, Tony. Nous ne nous quitterons jamais, peu importe où nous sommes.

Sur ces mots doux et sincères, la sphère de lumière nommée Tony se retourne vers les cieux, le cœur empli. Il se sent pour la première fois, accompli et serein.

Doucement, ils s'éloignent du salon où les deux jeunes amoureux se détendent. Ève vient se placer à côté de Tony et les deux âmes jumelles se dirigent vers le ciel étoilé.

L'ange retrouvé se met à scintiller comme un arc-en-ciel, émettant des reflets chatoyants qui laissent transparaître une onde d'amour et une touche d'humour. Ses couleurs dansent et s'entremêlent, créant une atmosphère légère et joyeuse.

— Quelle sera la prochaine mission ? demande Tony.
— Tu devras gérer les facéties de ta petite-fille, qui semble tout aussi têtue que son grand-père ! Nous irons visiter l'enfer et le purgatoire, et je t'apprendrai les secrets de la terre. Mais, tout cela se fera avec l'aide de notre parrain.

— Notre parrain ?
— Oui notre parrain… Georges.
— Georges ! Le Georges ? Eh bien, on n'a pas fini de se marrer là-haut !

Alors que la nuit règne sur les astres endormis et nos deux étoiles dérivent, s'éloignant de la planète bleue.

Un léger souffle dépose une plume dorée sur l'épaule de Chloé. Émue, elle sait que la mort n'est pas une fin. Elle regarde par la fenêtre pour percevoir dans le lointain le sifflement de ses mots de Tony qui s'éteint lentement dans le salon des amoureux.

Cette plume, aussi légère que le cœur de Tony, reprend son chemin, annonçant le souvenir de la mission d'un ange.

Dans le salon, la rose rouge paraît plus éclatante que jamais.

REMERCIEMENTS

À toi, mon frère,
dont le personnage de Tony porte une part de ton âme et de ton humour. Merci pour tout ce que tu es et tout ce que tu m'as inspirée. Ce livre t'appartient autant qu'il m'appartient.

À mon mari, mes parents et mes enfants,
pour leur amour, leur lumière et leur capacité à me rappeler chaque jour ce qui compte vraiment. Vous êtes ma plus grande source de force et d'amour.

À mes amies fidèles,
qui ont pris le temps de lire, de relire, de m'encourager et de m'aider à améliorer chaque détail. Votre soutien a illuminé ce chemin parfois chaotique. Vous êtes mes étoiles.

À vous, mes lecteurs,
qui faites vivre ce livre en le tenant entre vos mains. Votre curiosité, votre sensibilité et votre imagination lui donnent un sens au-delà des mots.

À tous ceux, visibles ou invisibles,
qui m'ont guidée, inspirée et encouragée dans ce voyage d'écriture. Vous êtes les gardiens de cette histoire.

À l'univers et à mes guides,
qui ont ouvert la porte à cette histoire chaque nuit et m'ont permis de la raconter.
Vous êtes le souffle derrière chaque page.

À PROPOS DE L'AUTEUR
Aurore LARCHER

Après 17 ans dans le secteur nucléaire, un éveil de conscience en 2014 transforme sa vision du monde et l'oriente vers l'écriture, la psychologie et la spiritualité.

À travers ses livres, elle explore la conscience, la nature humaine et les mystères de l'existence, invitant chacun à repenser la vie et l'invisible.

Egalement Auteure de

- La Matrice Originelle
- La Conscience Éveillée
- Écoute ton âme, elle te parle

Aux Éditions du groupe TREDANIEL.